ग़ज़ल-कुंभ 2018

ग़ज़ल-कुंभ 2018

संपादक

दीक्षित दनकौरी

संकलनकर्ता

अशोक रावत

प्रभात
पेपरबैक्स
www.prabhatbooks.com

सौजन्य :

basant chaudary foundation

प्रकाशक

प्रभात पेपरबैक्स

4/19 आसफ अली रोड, नई दिल्ली–110002

फोन : 23289777 • हेल्पलाइन नं. : 7827007777

इ–मेल : prabhatbooks@gmail.com ❖ वेब ठिकाना : www.prabhatbooks.com

संस्करण

प्रथम, 2019

मूल्य

एक सौ पचहत्तर रुपए

अ.मा.पु.सं. 978-93-5322-234-5

मुद्रक

आर–टेक ऑफसेट प्रिंटर्स, दिल्ली

★

GHAZAL KUMBH 2018
Ed. Dixit Dankauri

Published by **PRABHAT PAPERBACKS**
4/19 Asaf Ali Road, New Delhi-110002

ISBN 978-93-5322-234-5

₹ 175.00

पद्मभूषण गोपाल दास 'नीरज' जी की

स्मृति-शेष को

समर्पित

प्रस्तावना

दो शब्द इस ग़ज़ल संकलन के बारे में

अंजुमन फ़रोग़-ए-उर्दू, दिल्ली द्वारा ग़ज़ल-कुंभ का 11वाँ आयोजन जनवरी 2019 में दिल्ली में किया जा रहा है। पिछले 10 वर्षों से लगातार 'ग़ज़ल कुंभ' का आयोजन इस संस्था द्वारा सफलतापूर्वक किया गया है, जिसमें देश के कोने-कोने से लगभग 150-200 युवा/वरिष्ठ ग़ज़लकार, शायर प्रतिवर्ष आते हैं। ग़ज़ल पाठ करते हैं, बैठते हैं, सुनते हैं, आपस में मिलते और ग़ज़ल पर सार्थक बातचीत करते हैं। आमंत्रित ग़ज़लकारों के रहने, खाने, चाय-नाश्ते की निःशुल्क व्यवस्था संस्था द्वारा की जाती है। किसी प्रकार का न कोई शुल्क लिया जाता है, न किसी को कोई मानदेय दिया जाता है। यह आयोजन दिन में लगभग 1:30 बजे शुरू होता है और लगातार अगले दिन प्रातः10-11 बजे तक चलता है। ग़ज़लकारों के साथ ही विशिष्ट ग़ज़ल-प्रेमी श्रोताओं को भी आमंत्रित किया जाता है, जो ग़ज़लों का आनंद लेते हैं। हर शायर, ग़ज़लकार को अपनी एक-दो ग़ज़लें प्रस्तुत करने का अवसर मिलता है। ज़ाहिर है, जब 5-6 मिनट में एक-दो ही ग़ज़लें प्रस्तुत करनी होती है तो ग़ज़लकार अपनी सबसे बेहतर ग़ज़ल ही प्रस्तुत करता है। इन ग़ज़लों से आप जब गुज़रेंगे तो आपको एहसास होता जाएगा कि किसी आम ग़ज़ल-संकलन से ये ग़ज़ल-संकलन अलग कैसे है। आप को रुक-रुककर ग़ज़लों को पढ़ना पड़ेगा। बहुत से शे'र आपको गहराई तक प्रभावित भी करेंगे और चमत्कृत भी। इस ग़ज़ल-संकलन में शामिल होनेवाले शायरों, ग़ज़लकारों में देश के जाने-माने लोग भी हैं और ऐसे भी है, जो अपनी पहचान बनने के लिए किसी प्लेटफ़ॉर्म की तलाश में है। जहाँ पर उनकी आवाज़ को न सिर्फ़ ध्यान से सुना जाए, बल्कि उस पर चर्चा भी हो।

दुआ कीजिए कि यह सिलसिला यूँ ही आगे बढ़ता रहे। ग़ज़ल कुंभ का आयोजन कोई आसान काम नहीं है, क्योंकि किसी भी आयोजन में संसाधनों की ज़रूरत पड़ती है। कोई एक रचनाकार अपने दम पर इतना बड़ा आयोजन नहीं कर सकता, और निरंतर 10 वर्षों तक तो और भी कठिन है। भाई दीक्षित दनकौरी ने यह साबित कर दिया है कि अगर अच्छे उद्देश्य और नीयत से साहित्य और कला के क्षेत्र में कुछ सार्थक काम करने का संकल्प लिया जाए तो उसमें सहयोग करनेवाले खुद सामने आते हैं। भाई कृष्ण कुमार 'नाज़' ने देवनागरी लिपि और हिंदी भाषा में ग़ज़ल के व्याकरण की जो किताब लिखी, उसका प्रकाशन भी भाई दीक्षित दनकौरी के प्रयास से अंजुमन फ़रोग़-ए-उर्दू (दिल्ली) के द्वारा हुआ, जो ग़ज़ल के व्याकरण और शिल्प विधान की एक प्रामाणिक पुस्तक है। यह क़िताब सन् 2017 के ग़ज़ल कुंभ के प्रतिभागी ग़ज़लकारों को निःशुल्क भेंट स्वरूप दी गई। इस पुस्तक से हज़ारों लोगों ने लाभ उठाया है।

भाई दीक्षित दनकौरी ने 'ग़ज़ल दुष्यंत के बाद' ग़ज़ल-संकलन के जो तीन खंड संपादित किए हैं। उनके प्रत्येक खंड में 200 के लगभग ग़ज़लकारों के परिचय सहित सैकड़ों ग़ज़लों का प्रकाशन हुआ है। हिंदी-ग़ज़ल के इतिहास में दीक्षित दनकौरीजी का यह एक अनोखा काम है। ग़ज़लकारों के संदर्भ के लिए ये पुस्तकें सबसे अहम दस्तावेज़ हैं। इसके साथ ही अंजुमन फ़रोग़-ए-उर्दू (दिल्ली) द्वारा हिंदी उर्दू के अनेक महत्त्वपूर्ण रचनाकारों के ग़ज़ल-संग्रहों का प्रकाशन भी दीक्षित दनकौरी के कारण ही संभव हुआ, जिनमें रमेश 'तनहा', 'जमील' हापुड़ी, मुज़फ़्फ़र हनफ़ी, विजेंदर सिह 'परवाज़' और गोविंद गुलशन जैसे वरिष्ठ शायरों के नाम शामिल हैं। इसके पीछे भावना सिर्फ़ इतनी ही रही कि अपने समय के बेहतरीन शायरों, ग़ज़लकारों की ग़ज़लें नई पीढ़ी तक पहुँच सकें, जिससे उनको ग़ज़ल की खूबियों को समझने में मदद मिल सके।

दीक्षित दनकौरी सच बात को कहने में रत्ती भर भी संकोच नहीं करते, भले ही उनका कितना ही बड़ा नुकसान क्यों न हो जाए। अपने अनुज रचनाकारों के अच्छे शे'रों की जी भर के सराहना करते हैं, उनके शे'रों

का सोशल मीडिया पर उल्लेख करते हैं, अपने समकालीन और वरिष्ठ ग़ज़लकारों का दिल से सम्मान करते हैं। अपने बारे में कुछ कहने से हमेशा संकोच करते हैं। उनके स्वभाव की विनम्रता और आत्मीयता उनके व्यक्तित्व को सहज ही चुंबकीय बनाती है। शायद उनको इन बातों का एहसास भी नहीं है कि वे कितने सहज और सरल हैं।

यद्यपि ग़ज़ल कुंभ 2018 के संपन्न होने के बाद तुरंत ही यह सूचना व्हाट्सएप ग्रुप के माध्यम से प्रतिभागियों तक पहुँचा दी गई थी कि वे अपनी प्रस्तुत की गई ग़ज़ल उपलब्ध करा दें, लेकिन किन्हीं कारणों से सभी प्रतिभागियों की ग़ज़ल नहीं मिल पाईं। इस संकलन में गोपालदास 'नीरज' जी, विजेंदर सिंह 'परवाज़' और मुज़फ़्फ़र हनफ़ी, गोविंद गुलशन सहित 118 ग़ज़लकारों की ग़ज़लें सम्मिलित हैं।

मुझे इस बात का संतोष है कि इस ग़ज़ल-संकलन के प्रकाशन-कार्य में मुझे भी थोड़ा-बहुत योगदान/सहयोग कर पाने का मौक़ा मिला। मैं दुआ करता हूँ कि भाई दीक्षित दनकौरी इसी उत्साह और भावना से आगे बढ़ते रहें और आनेवाली पीढ़ी का मार्ग प्रशस्त करते रहें। मुझे पूर्ण विश्वास है उनके काम को इतिहास कभी नज़रअंदाज़ नहीं कर पाएगा। उनके अनेक अशआर लोगों के दिलों से लेकर संसद तक पहले ही पहुँच चुके हैं।

—अशोक रावत

मोबाइल : 9458400433

संपादकीय

भारत के हम तमाम ग़ज़लकारों की ओर से 'बसंत चौधरी फ़ाउंडेशन', नेपाल के अध्यक्ष माननीय श्री बसंत चौधरी जी का हार्दिक धन्यवाद कि जिनके सौजन्य से न केवल यह संकलन 'ग़ज़ल कुंभ 2018' प्रकाशित हुआ है, बल्कि यह 11वाँ 'ग़ज़ल कुंभ 2019' भी आयोजित हो रहा है। ज्ञातव्य है कि गत चार 'ग़ज़ल कुंभ' भी 'बंसत चौधरी फ़ाउंडेशन' के ही सौजन्य से सफलता पूर्वक आयोजित हुए हैं।

वर्ष 2018 के ग़ज़ल कुंभ में प्रस्तुत की जानेवाली ग़ज़लों को एक ग़ज़ल-संकलन के रूप में प्रस्तुत करने का निर्णय संस्था द्वारा लिया गया, जिससे ग़ज़लकारों की रचनाएँ दूर-दराज़ के पाठकों तक भी पहुँच सकें।

इस कार्य में सहयोग के लिए मैंने आदरणीय अशोक रावत जी से सहायता माँगी, जिन्होंने सहर्ष अपनी स्वीकृति दी। ग़ज़ल-कुंभ 2018 के सभी प्रतिभागी ग़ज़लकारों से उन्होंने संपर्क किया और कड़ी मेहनत एवं लगन से ये ग़ज़लें इकट्ठी कीं, एतर्थ उनका हार्दिक धन्यवाद।

चूँकि इस संकलन के अधिकांश ग़ज़लकार नई पीढ़ी का प्रतिनिधित्व करते हैं और देश के विभिन्न क्षेत्रों से आते हैं, जो ग़ज़ल लेखन के प्रति गंभीर हैं, जो ग़ज़ल के शिल्प और व्याकरण के प्रति जागरूक हैं। जिनकी भाषा अपनी भाषा है। जिसका प्रयोग वे अपने दैनिक जीवन में भी करते है। और जिसे आम आदमी भी समझता है, इसलिए ये ग़ज़लें अलग पहचान में आती हैं। ये ग़ज़लें, ग़ज़ल की भाषा और भाषा का मुहावरा भी गढ़ रही हैं। न इन ग़ज़लों पर उर्दू की तत्सम शब्दावली का दवाब है, न हिंदी की तत्सम शब्दा-वली का। इन ग़ज़लों में शब्दों के शुद्ध स्वरूप के साथ ही देशज रूप भी अगर

नज़र आएँ तो उस पर असहज होने की ज़रूरत नहीं है। रचनाकार जागरूक है। और वो ऐसा पूरी ज़िम्मेदारी के साथ कर रहे हैं। ग़ज़ल की लोकप्रियता में हिंदुस्तानी भाषा का बहुत बड़ा हाथ रहा है। इस बात को कभी नहीं भूलना चाहिए और यह भी नहीं भूलना चाहिए कि आज की तारीख़ में कविता के नाम पर ग़ज़ल विधा जितनी लोकप्रिय है, उतनी लोकप्रिय कोई अन्य विधा नहीं है। मेरा विश्वास है आनेवाले समय में ग़ज़ल उस मुकाम पर पहुँच जाएगी, जहाँ पर भाषा की बात करना ही बेमानी हो जाएगा। इस बात का मतलब यह भी नहीं है कि उर्दू और हिंदी भाषाएँ एक हो जाएँगी। उर्दू और हिंदी दोनों ही संपन्न भाषाएँ हैं, दोनों की ही अपनी-अपनी ख़ूबियाँ हैं, दोनों का ही अपना-अपना इतिहास है और [illegible]ं ही इस देश की भाषाएँ हैं। जैसे देश की अन्य भाषाएँ हैं।

बिहार, राजस्थान, मध्य प्रदेश, महाराष्ट्र, गुजरात, पंजाब, हरियाणा, हिमाचल प्रदेश, झारखंड, उत्तराखंड और उत्तर प्रदेश यानी देश-भर के शहरों, गाँवों, क़स्बों से भी अच्छे ग़ज़लकार आ रहे हैं और मुंबई व दिल्ली जैसे महानगरों से भी। जो जहाँ से आ रहा है, वह अपनी ज़मीन की मिट्टी की सुगंध लेकर आ रहा है। इन ग़ज़लों में अपने समय का दर्द भी है और एहसास भी, सामाजिक सरोकार भी और असंतोष भी, सपने भी हैं। और ज़िंदगी जीने के अरमान भी, लेकिन सबसे अलग बात यह है कि इन ग़ज़लों में ग़ज़ल की कहन का जादू बोलता है, जिससे ये पढ़ने-सुनने में अच्छी लगती हैं। और बहुत से शे'र ज़बान पर अनायास ही चढ़ जाते हैं, उन्हें याद रखने की कोई कोशिश नहीं करनी पड़ती, यह भी नहीं देखना पड़ता कि ये शे'र किस ग़ज़लकार का है। नाम तो आप बाद में ध्यान से देखते हैं।

मैं ये भी नहीं कहता कि सभी ग़ज़लें इसी मेयार की है। लेकिन अधिकांश ग़ज़लें पाठक को न सिर्फ़ आकर्षित करती हैं, बल्कि प्रभावित भी करती हैं।

प्रस्तुत संकलन की अधिकांश ग़ज़लें ग़ज़ल के व्याकरण के मानकों पर खरी उतरती हैं, लेकिन दो-चार रचनाएँ ऐसी भी है। जिनमें शिल्प की कुछ कमियाँ हैं। भले ही कथ्य के स्तर पर वे ध्यान आकर्षित क्यों न करती हों। नए रचनाकारों के उत्साहवर्धन के उद्देश्य से ही उन्हें स्थान दिया गया है, साथ ही उनसे यह अपेक्षा भी की जाती है कि वे ग़ज़ल के शिल्प और व्याकरण के

मानकों पर और ध्यान और दें।

हिंदी भाषा के ग़ज़लकारों को भी इस बात का एहसास हो गया है कि हिंदी के छंदों में ग़ज़ल नहीं कही जा सकतीं, उसके लिए उर्दू ग़ज़ल के व्याकरण को ही अपनाना पड़ेगा। जब तक लोगों को उर्दू ग़ज़ल के व्याकरण के बारे में अधिक पता नहीं था, तब तक इस प्रकार कि बातें होती थीं कि हिंदी में ग़ज़ल लिखने के लिए उर्दू की बह्र जानने कि कोई ज़रूरत नहीं है।

मेरी कोशिश होगी कि इस 'ग़ज़ल-कुंभ 2019' के सभी प्रतिभागी ग़ज़लकारों की एक-एक ग़ज़ल इसी प्रकार पुस्तकाकार रूप में प्रकाशित करके 'ग़ज़ल-कुंभ 2020' के प्रतिभागियों को भेंट स्वरूप दी जाए।

इंशा अल्लाह, जब तक साँसों का साथ है और आपकी दुआओं में शामिल हूँ, ग़ज़ल की ख़िदमत में हाज़िर हूँ।

—दीक्षित दनकौरी

9899172697

12 जनवरी, 2019

dixitdankauri@gmail.com

अनुक्रम

गोपाल दास 'नीरज'

आदमी यूँ कभी ख़ुद को भी सज़ा देता है,
रौशनी के लिए शोलों को हवा देता है।

ख़ून के दाग़ हैं दामन पे जहाँ संतों के,
तू वहाँ कौन से नानक को सदा देता है।

एक ऐसा भी तो तीरथ है मेरी धरती पर,
क़ातिलों को जहाँ मंदिर भी दुआ देता है।

मुझको आता है तरस उस वैद्य की विद्या पर,
भूखे लोगों को जो सेहत की दवा देता है।

चील कौवों की अदालत में है मुजरिम कोयल,
देखिए वक़्त ये अब फ़ैसला क्या देता है।

तू खड़ा होके कहाँ माँग रहा है रोटी,
ये सियासत का नगर सिर्फ़ दग़ा देता है।

मैं किसी बच्चे की मानिंद सुबह उठता हूँ,
जब कोई माँ की तरह मुझको दुआ देता है।

साँझ के बोझ से जब रूह तड़प उठती है,
वो तेरा प्यार है, जो दिल को हवा देता है।

मत उसे ढूँढिए शब्दों के नुमाइश घर में,
हर पपीहा जहाँ 'नीरज' का पता देता है।

रमेश 'तनहा'

किस सोच में डूबे हैं, किस प्यास के मारे हैं,
बैठे हुए हम कब से दरिया के किनारे हैं।

इक चाँद न होने से बेकैफ़ नज़ारे हैं,
आकाश में कहने को कितने ही सितारे हैं।

अंदाज़-ए-नज़र का ही फेर इसको समझ लीजे,
कुछ दर्द के रसिया हैं, कुछ दर्द के मारे हैं।

सूरज से कोई रिश्ता ख़्वाबों में रहा होगा,
सायों के तआकुब में दिन हमने गुज़ारे हैं।

किस जह्न की साज़िश है, हस्ती ये हबाब आसा,
किस हाथ ने पानी पर ये नक़्श उभारे हैं।

सूरज की तजामत से जल जाएँगे पल भर में,
क्यों रात से आँखों ने ये ख़्वाब सँवारे हैं।

इमकान की बाँहों में फिर फैल गया हूँ मैं,
देखी है खुली चादर तो पाँव पसारे हैं।

हाथों की ये रेखाएँ, जिस वक़्त की जामीन है,
उस वक़्त के सब तेवर हाथों ने सँवारे हैं।

लौटे हैं कि देती थी हर चीज़ सदा हमको,
ये खेत, ये घर सारे सदियों से हमारे हैं।

तनहाई के आलम का क्या कर्ब कहे 'तनहा',
रह-रह के इन आँखों ने आकाश निहारे हैं।

विजेंद्र सिंह 'परवाज़'

कहीं कारगर रसाई, कहीं नाम बोलता है,
मैं ज़बान कैसे खोलूँ ! मेरा काम बोलता है।

नहीं जिससे अब तआल्लुक़ मेरे रास्ते में आकर,
वो दबी-दबी नज़र से, क्यों सलाम बोलता है।

मैं यूँ डर रहा हूँ मुझ पर, बुरा वक़्त आ न जाए,
कि ये सुब्ह का परिंदा, सरेशाम बोलता है।

मुझे देखकर यूँ बोले, कई लोग अंजुमन में,
न दुआ की इसको आदत, न सलाम बोलता है।

मेरा सिर्फ़ ये तआरुफ़, मेरे दोस्त ! याद रखना,
किसी शाह के मुक़ाबिल, ये ग़ुलाम बोलता है।

मोबाइल : 9412285618

दीक्षित दनकौरी

मेरी ग़ज़ल या नज़्म, रुबाई, सब मिट्टी,
तुझ तक ही जब पहुँच न पाई, सब मिट्टी।

कैसे-कैसे ख़्वाब सँजोए जीवन भर,
कैसी-कैसी आस लगाई, सब मिट्टी।

जंगल-जंगल भटके तेरी चाहत में,
दर-दर की ठोकर भी खाई, सब मिट्टी।

हँस-हँसकर दुख-दर्द छुपाए दुनिया से,
पत्थर-दिल पर जान लुटाई, सब मिट्टी।

क़ब्रों पर लिख लो तहरीरें लाख मगर,
इज़्ज़त, शोहरत, मान, बड़ाई, सब मिट्टी।

मोबाइल : 9899172697
इ-मेल : dixitdankauri@gmail.com

गोविंद गुलशन

शे'र जब खुलता है खुलते हैं मआनी क्या-क्या,
रास्ते देता है इक मिसरा-ए-सानी क्या-क्या।

ख़त्म होती है समुंदर पे कभी सहरा में,
रास्ते चुनती है दरिया की रवानी क्या-क्या।

पहले किरदार गुज़रता है नज़र से कोई,
मोड़ लेती है फिर आँखों में कहानी क्या-क्या।

अश्क आँखों में कसक दिल में नज़र में उम्मीद,
इश्क़ देता है मोहब्बत में निशानी क्या-क्या।

जान लेता है कभी जान बचा लेता है,
फ़ितरतें रखता है दरियाओं का पानी क्या-क्या।

उसकी आँखों की शरारत कभी होंठों का जमाल,
सामने आती हैं तसवीरें पुरानी क्या-क्या।

मोबाइल : 9810261241

अशोक रावत

जो मिल जाए उसको अपनी शान बना लेते हैं,
जीनेवाले हर मुश्किल आसान बना लेते हैं।

जिनके दिल में प्यार मुहब्बत का जज़्बा होता है,
दीवारों में खिड़की रौशनदान बना लेते हैं।

कितनी प्यारी लगने लगती है ये सारी दुनिया,
जब हम अपने फ़र्ज़ों को ईमान बना लेते हैं।

धुँधले आईनों को एक दिन फेंक दिया जाता है,
गुण हो तो पत्थर अपनी पहचान बना लेते हैं।

कोई और नहीं है इतना भोला इस दुनिया में,
हम पत्थर के टुकड़े को भगवान बना लेते हैं।

वारिस हैं हम मानवता के, प्रहरी उन मूल्यों के,
जो दुश्मन को भी अपना मेह्मान बना लेते हैं।

सोच समझ को चाल चलन में ऐसे ढाल लिया है,
हर आँसू को हम अपनी मुस्कान बना लेते हैं।

मोबाइल : 8433049896
इ-मेल : ashokdgmce@gmail.com

ओम प्रकाश 'नदीम'

तितलियों के साथ भौंरे जब नज़र आने लगे,
फूल खिलने के कई मतलब नज़र आने लगे।

ध्यान में था मैं अचानक जह्न में इक गुल खिला,
और फिर उस गुल में तेरे लब नज़र आने लगे।

आँख से अंधी अक़ीदत का वो परदा हट गया,
एक ही जैसे सभी मज़हब नज़र आने लगे।

क्या हुआ क्या वक़्त के सूरज ने आँखें फेर लीं,
जो तुम्हें अब चाँद तारे सब नज़र आने लगे।

मन के दर्पण में जो मैंने झाँककर देखा 'नदीम',
मुझको मेरे अक्स में तुम सब नज़र आने लगे।

मोबाइल : 9456460659
इ-मेल : omprakashnadeem@gmail.com

कृष्णकुमार 'नाज़'

वफ़ा भी, प्यार भी, नफ़रत भी, बदगुमानी भी,
है सबकी तह में हक़ीक़त भी और कहानी भी।

जलो तो यूँ कि हर इक सिम्त रोशनी हो जाए,
बुझो तो यूँ कि न बाक़ी रहे निशानी भी।

ये ज़िंदगी है कि शतरंज की कोई बाज़ी,
ज़रा सी चूक से पड़ती है मात खानी भी।

किसी की जीत का मतलब हुआ किसी की हार,
बड़ा अजीब तमाशा है ज़िंदगानी भी।

उन आँसुओं का समंदर है मेरी आँखों में,
जिन आँसुओं में है ठहराव भी, रवानी भी।

दवा की फेंकी हुई ख़ाली शीशियों की तरह,
है रास्तों की अमानत मेरी कहानी भी।

महानगर है ये, सबकुछ यहाँ पे मुमकिन है,
यहाँ बुढ़ापे सी लगती है नौजवानी भी।

हैं चंद रोज़ के मेह्मान हम सभी ऐ 'नाज़',
हमीं को करनी है ख़ुद अपनी मेज़बानी भी।

मोबाइल : 99273 76877
इ-मेल : kknaaz1@gmail.com

सत्य प्रकाश शर्मा

है हक़ीक़त क़यास थोड़ी है,
अब वो इतना उदास थोड़ी है।

तुम जो चोला पहन के निकले हो,
ये तुम्हारा लिबास थोड़ी है।

आँख उट्ठे न उस तरफ़ कोई,
हुक्म है इल्तमास थोड़ी है।

तश्नगी पाक है हमारी ये,
कोई झूठा गिलास थोड़ी है।

मेरे ऐबों को भी न पहचाने,
इस क़दर ना'शनास थोड़ी है।

कौन पीता है रोज़ ख़ुश होकर,
आँसुओं में मिठास थोड़ी है।

अब तो बतलाओ मेरे बारे में,
अब कोई आस-पास थोड़ी है।

मोबाइल : 9695531284

दानिश भारती

हर एक पल ही दिलों में बसा ये डर कैसा,
हयात-ओ-मौत में उलझा हुआ बशर कैसा।

सफ़र थकान भी देता है और राहत भी,
पता चले, है तेरे साथ हमसफ़र कैसा।

लगूँ फ़क़ीर, कि आशिक़, कि कोई सौदाई,
मुझे बता तो सही आऊँ मैं नज़र कैसा।

ढलेगी शाम तो आख़िर वहीं तो जाना है,
न सोच बंदिशें कैसी हैं और घर कैसा।

नुमाइशों को ही तहज़ीब जान बैठा है,
जदीद दौर का ये नुक़्त-ए-नज़र कैसा।

तमाम शह्र मुझे चाहने लगा अब तो,
तेरी नज़र का हुआ मुझपे ये असर कैसा।

मैं लफ़्ज़ बन के उतरता गया हूँ काग़ज़ पर,
ख़ुदा ने बख़्श दिया मुझ में ये हुनर कैसा।

अगर है पाना ख़ुदा को तो ख़ुद से मिल पहले,
भटकता फिरता है 'दानिश' तू दर-ब-दर कैसा।

मोबाइल : 9872211411

सागर सियालकोटी

पराई आग में अक्सर बहुत से लोग जलते हैं,
कहो कैसा ये रिश्ता है के पत्थर भी पिघलते हैं।

शजर बूढ़ा भी हो जाए तो फिर भी काम आता है,
दुआ देगा परिंदों को यही बस ख़्वाब पलते हैं।

मुहब्बत में नफ़ा-नुकसान तो होता ही रहता है,
समुंदर में कभी लहरें कभी तूफ़ाँ मचलते हैं।

सभी अपनी जगह बहतर शिवाला हो भले मस्ज़िद,
अगर दिल में अक़ीदत हो तो पत्थर भी पिघलते हैं।

यक़ीं किस पर करें यारो बड़ा मुश्किल हुआ अब तो,
ये कैसे लोग हैं हर पल कई चेहरे बदलते हैं।

गिरा दीवार नफ़रत की ये झगड़े ख़त्म हों सारे,
रफ़ाक़त हो तो सहरा में भी 'सागर' फूल खिलते हैं।

मोबाइल : 9876865957

रश्मि शर्मा

मैं बहुत सोचने लगी हूँ ना,
ये भी तो सोच ही रही हूँ ना।

आ ही जाएँगे आदमी के हुनर,
अभी मैं शहर में नई हूँ ना।

छू के देखो मुझे बताओ फिर,
मैं यहाँ से चली गई हूँ ना।

कौन सी राह थी नहीं मालूम,
तेरे क़दमों पे ही चली हूँ ना।

मैं तराशूँ तुझे जो ग़ज़लों में,
खुद तराशी सदा गई हूँ ना।

उम्र भर जिसको रास्ता न मिले,
उस मुसाफ़िर की बे'कली हूँ ना।

बाद मुद्दत के तुझ को देखूँगी,
एक इसी आस पे टिकी हूँ ना।

तू जो आए तो जाँ में जाँ आए,
जाँ तेरे साथ ही गई हूँ ना।

'रश्मि' मत ढूँढ दोष दुनिया के,
देख इतना के मैं भली हूँ ना।

मोबाइल : 9815605163

ऐन. मीम. कौसर

ग़रीबों की दुनिया में ख़्वाबों की आहट,
लो आने लगी इनक़लाबों की आहट।

हुआ खुश्क आँखों का पानी भी अब तो,
समुंदर में आई सराबों की आहट।

मुझे मेरे बिस्तर पे काँटे मिले हैं,
सुनाई सी दी है गुलाबों की आहट।

उजालों को भी रास आने लगी है,
रुख़ों से सरकते नक़ाबों की आहट।

उछलने लगीं बोतलें मैक़दे में,
सुनी जब से ख़ाना ख़राबों की आहट।

लिखा उसने कुछ भी नहीं मुझको ख़त में,
मगर आ रही है जवाबों की आहट।

वही लोग दुनिया में पिछड़े हुए हैं,
नहीं सुन सके जो किताबों की आहट।

सभी आशियानों में सोए हैं 'कौसर',
क़रीब आ रही है उक़ाबों की आहट।

मोबाइल : 9412387790

फ़ैज़ बदायूंनी

अपना वजूद हमने मुसीबत में डालकर,
रक्खा तुम्हारे इश्क़ को दिल में सँभालकर।

कटती नहीं है रात गुज़रते नहीं हैं दिन,
पछता रहे हैं रोग मुहब्बत का पालकर।

देते नहीं जवाब वो, मेरे सवाल का,
फिर से चले गए वो मेरी बात टालकर।

कैसे यक़ीं दिलाऊँ उन्हें, अपने प्यार का,
रख दूँ क्या उनके आगे कलेजा निकालकर।

माना बग़ैर इश्क़ कोई ज़िंदगी नहीं,
सौदा ये करना ख़ूब मगर देखभाल कर।

दुनिया समझ रही है जिसे मेरी शायरी,
कहता हूँ दर्दे-दिल को मैं शे'रों में ढालकर।

हासिल न होगा 'फ़ैज़' तुम्हें नफ़रतों से कुछ,
आओ गुज़ारें वक़्त ज़रा बोल-चालकर।

मोबाइल : 9958919395

नफ़स अम्बालवी

जुनूँ है ज़ह्न में तो हौसले तलाश करो,
मिसाले-आबे-रवाँ रास्ते तलाश करो।

ये इज़्तराब रगों में बहुत ज़रूरी है,
उठो सफ़र के नए सिलसिले तलाश करो।

ये सर-ज़मीन सफ़र के लिए बहुत कम है,
चलो उफ़क़ पे नए मरहले तलाश करो।

जो थक गए हो ये बोसीदा ज़िंदगी जी कर,
तो ज़िंदगी के अलग ज़ाविए तलाश करो।

जो चाहते हो कि अख़बार चल पड़े अपना,
तो सुर्ख़ियों के लिए हादिसे तलाश करो।

ये तंग-ज़ौक़ अदीबों से खुश नहीं होंगे,
मुशायरे के लिए मसखरे तलाश करो।

ख़ुदा पे छोड़ दो ये कल कोई पढ़े न पढ़े,
नई ग़ज़ल के लिए क़ाफ़िए तलाश करो।

मोबाइल : 9416028122
इ-मेल : drnafasambalvi@gmail.com

नीना 'सहर'

कोई मौजिज़ा हुआ है मेरी बेखुदी से आगे,
तेरा ग़म निकल गया है मेरी हर खुशी से आगे।

मेरी प्यास का तराना भी समझ में आ सकेगा,
मुझे आज सुन के देखो, मेरी ख़ामुशी से आगे।

मैं हूँ साँस–साँस तनहा, मैं हूँ ज़र्रा–ज़र्रा घायल,
मुझे पास आ के देखो मेरी दिलकशी से आगे।

वहीं कल भी फिर मिलेंगे, जहाँ आज मिल रहे हैं,
तेरी रौशनी के पीछे, मेरी तीरगी से आगे।

इसी डर से पढ़ न पाई, मैं तेरा पयाम जानाँ,
कहीं दिल को छू न जाए, मेरी बेबसी से आगे।

मोबाइल : 9910345600
इ-मेल : neenasahar25@gmail.com

श्याम वशिष्ठ 'शाहिद'

जब किनारे दिखाई देते हैं,
सौ सहारे दिखाई देते हैं।

जो हमारे दिखाई देते थे,
वो तुम्हारे दिखाई देते हैं।

रात को रात क्या कहा मैंने,
दिन में तारे दिखाई देते हैं।

सिर्फ़ तुम पे निगाह ठहरी है,
यूँ तो सारे दिखाई देते हैं।

वाह कहते हैं शे'र सुनते ही,
ग़म के मारे दिखाई देते हैं।

उँगलियों के निशान ख़ंजर पे,
ख़ुद हमारे दिखाई देते हैं।

जितने मैले हैं लोग भीतर से,
उतने प्यारे दिखाई देते हैं।

सब की नज़रों में हैं सिकंदर जो,
ख़ुद से हारे दिखाई देते हैं।

मोबाइल : 9996420600

संजीव गौतम

भला अब फ़ायदा क्या है यूँ रिश्तों की दुहाई से,
हदें पहले तो तुमने तोड़ डालीं बेहयाई से।

भरोसा मत करो बेशक मगर तुम भाई ही तो हो,
मुझे कैसे खुशी होगी तुम्हारी जगहँसाई से।

अगर तुम माँगते तो मैं मना कर ही नहीं पाता,
मगर तुम ही बताओ क्या मिला तुमको लड़ाई से।

हवस है तुमको दौलत की मुबारक हो तुम्हें दौलत,
मुझे क्या लेना-देना है तुम्हारी उस कमाई से।

कभी तो इनकी गरमाहट मिलेगी मेरे अपनों को,
जो रिश्ते बुन रहा हूँ मैं मुहब्बत की सलाई से।

वो रूठा भी तो आख़िरकार मुझसे इस तरह रूठा,
किसी की रूठ जाएँ चूड़ियाँ जैसे कलाई से।

मई और जून है तो धूप के तेवर भी तीखे हैं,
मगर उम्मीद के बादल भी आएँगे जुलाई से।

मोबाइल : 9456239706

इ-मेल : sanjeevgautam2010@gmail.com

सुधांशु 'साहिल'

गुरूर में जो हमेशा ही रहा करते हैं,
वही दरख़्त तो आँधी में गिरा करते हैं।

हवा के नाम से तुम हमको डराते क्या हो,
हवा के झोंकों से कब जुगनू बुझा करते हैं।

ज़रा सी उम्र में शोहरत जो कमा ली हमने,
ज़माने भर की निगाहों में चुभा करते हैं।

वफ़ा के बदले वफ़ाएँ न कभी हमको मिलीं,
बजाय इसके भी हम सबसे वफ़ा करते हैं।

जहाँ में नाम हमारा भी यक़ीनन होगा,
ग़ज़ल के नाम पे तुमको जो पढ़ा करते हैं।

मोबाइल : 8433235698

विजय 'राही'

तनहाई से जब उकताके बैठ गया,
मैं फिर मयख़ानें में आके बैठ गया।

पत्थर को पत्थर ही अच्छे लगते थे,
सो अपने तबके में जाके बैठ गया।

आज गली से मैंने देखा था उसको,
चंदा छत पर ही शरमाके बैठ गया।

दो घंटे तक बात नहीं की जब उसने,
क्या करता मैं, मुँह लटकाके बैठ गया।

साँझ ढली तो हम भी अपने घर आए,
साया पास हमारे आके बैठ गया।

आख़िर दीपक ने ऐसी क्या ठानी है,
देखो आगे आज हवा के बैठ गया।

लोगों ने पूछा, जब उसके बारे में,
'राही' अपनी नज़्म सुनाके बैठ गया।

मोबाइल : 9929475744

इ-मेल : vjbilona532@gmail.com

तरुणा मिश्रा

तेरे ख़याल के बादल उतर के आए हैं,
तभी तो आज ये आँसू सँवर के आए हैं।

नई रुतों में खिले गुल तो ये हुआ महसूस,
पुराने दर्द नया वेश धर के आए हैं।

हमारी आँखों में कुछ देर डूबकर देखो,
तुम्हारे ख़्वाब यहीं से गुज़र के आए हैं।

ज़रूरी बज़्म से उठना हुआ तो उठ आए,
तअल्लुक़ात कहाँ तर्क करके आए हैं।

ये सरहदें कहाँ होती हैं हर किसी के लिए,
इधर बरसने को बादल उधर के आए है।

अकेले जाके भी लौटे नहीं अकेले हम,
हमारे साथ मनाज़िर सफ़र के आए हैं।

मोबाइल : 9810788909

वरुण आनंद

खोलकर पलकों के वो बाब नहीं आते हैं,
अब निगाहों मे तेरे ख़्वाब नहीं आते हैं।

बात मरने की वही लोग तो करते हैं सदा,
ज़िंदगी के जिन्हें आदाब नहीं आते हैं।

ये तो सहरा है यहाँ प्यास दबाकर रखना,
रेत के ढेर में तालाब नहीं आते हैं।

ऐसे रिंदो को नवाज़ा है ख़िताबों से यहाँ,
जिनको पीने के भी आदाब नहीं आते हैं।

मेरे दुश्मन तो अयादत को चले आए मगर,
भूल से भी मेरे अहबाब नहीं आते हैं।

मोबाइल : 9803972788

इ-मेल : Varunanand173@gmail.com

बृजेश 'तरुवर'

सुर भी देता है ताल देता है,
लफ़्ज़ भी वो ही ढाल देता है।

मैं कहाँ माँगता हूँ कुछ उससे,
खुद ही झोली में डाल देता है।

सर झुकाता हूँ जिसके क़दमों में,
वो ही टोपी उछाल देता है।

बख़्शता है नसीब वो जैसा,
वैसी हसरत भी पाल देता है।

उसकी माला जपा करो 'तरुवर',
हर मुसीबत वो टाल देता है।

मोबाइल : 9891247255

पूनम गुजरानी

बड़ी मेहनत लगा करती है अपना घर बनाने में,
सवेरा साँझ हो जाता है दो रोटी कमाने में।

मुक़द्दर क्या बिगाड़ेगा हमारी हस्ती है ऐसी,
बचा पाए हैं बस ईमान इस क़ातिल ज़माने में।

सपनों की शराफ़त ये कि रह जाते हैं मन में बंद,
मिलते हैं हादसे हरदम किसी को आज़माने में।

हँसी ख़्वाबों के जेवर पहनकर हम जब निकलते हैं,
करें इनकार सब राहें हमें मंज़िल बताने में।

हमारी ज़िंदगी जिंदादिली का नाम है 'पूनम',
मज़ा आता रहा हमको सदा मुश्किल उठाने में।

मोबाइल : 9825473857

सरोजिनी 'तनहा'

वो क़रीब हो के भी दूर है वो है दूर फिर भी क़रीब है,
मेरा हो के भी वो मेरा नहीं मैं हूँ उसकी मेरा नसीब है।

उसे चाहने की सज़ा है ये मेरा दिल जो यूँ बेक़रार है,
उसे मेरा प्यार क़ुबूल है, मगर उसका प्यार अजीब है।

न वो सुन सके है मेरी नवा न हो उसके दिल को कोई गुमाँ,
सिवा अपने कुछ भी न सोचता वो कहाँ किसी का हबीब है।

यूँ फ़रेब इश्क़ के नाम पर न किसी को दे तू मेरे ख़ुदा,
मुझे ठोकरों से सँवारता मेरा यार है या रक़ीब है।

ये ज़ेह्नो-दिल का है मस्अला मैं अमीर थी सो मैं लुट गई,
ख़ता मैंने उसकी मुआफ़ की वो ज़ह्नो-दिल से ग़रीब है।

मुझे मर्ज़-ए-इश्क़ जो दे गया न मैं जी सकूँ न मैं मर सकूँ,
मेरी बेबसी है मेरे लिए वही चारागर-ओ-तबीब है।

वो रवायतों से था बेख़बर मेरी रूह में क्यूँ गया उतर,
जो थी मेरे इश्क़ की इंतिहा वो उसे लगा कि सलीब है।

मैं सुख़न की ऐसी किताब हूँ, जिसे हर्फ़-हर्फ़ ख़ुदा लिखे,
मेरी 'तनहा' ज़ात के वास्ते सिवा उसके कौन अदीब है।

मोबाइल : 9412873903

इ-मेल : drsarojinitanhaa99@gmail.com

सलिल तिवारी 'सलिल'

जुनूनो-सब्र हो तो वक़्त भी बदलता है,
चिराग़ ज़िंदगी का हौसलों से जलता है।

जड़ें तहज़ीब की गहराई में फैली हों तो,
तना तमीज़ का मजबूत ही निकलता है।

अना के संग अगर हो लचक जरा सी तो,
शजर ये आंधियों में झूमता मचलता है।

रखा मैं करता हूँ सब बंद घर के दरवाज़े,
सदा ये दर्द मेरे दर पे ही टहलता है।

'सलिल' कमी ही नहीं लोगों में ढूँढा कीजे,
हरेक शख़्स में इक आईना निकलता है।

मोबाइल : 9893302253

सतीश शुक्ला 'रक़ीब'

फिर से शहनाइयाँ, शामियाने में हैं,
दो बड़ी कुर्सियाँ, शामियाने में हैं।

रस्मे-जयमाल, फूलों की बरसात और,
गूँजती तालियाँ, शामियाने में हैं।

साथ सखियों के मिलकर सताती हैं जो,
चुलबुली भाभियाँ, शामियाने में हैं।

सालियाँ लाएँगी, नेग दो, वर्ना ख़ुद,
ढूँढ लो, जूतियाँ, शामियाने में हैं।

प्यार की फब्तियाँ, प्यार की गालियाँ,
रात भर मस्तियाँ, शामियाने में हैं।

वक़्त-ए-रुख़सत है अब जा रही है दुल्हन,
हर तरफ़ सिसकियाँ, शामियाने में हैं।

ये छुड़ाता है घर, गाँव, सखियाँ 'रक़ीब',
बस यही ख़ामियाँ शामियाने में हैं।

मोबाइल : 9892165892,

इ-मेल : sckshukla@rediffmail.com

अर्चना 'अर्चन'

सदाएँ बेअसर सारी वो रत्ती भर नहीं पिघला,
बहुत पिघलीं मिरी आँखें, मगर पत्थर नहीं पिघला।

सुना था हमने लोगों से, बड़ा ही मोमदिल है वो,
हुई पहरों तलक मैं राख, वो शब भर नहीं पिघला।

पिघलने को पिघल जाते हैं सूरज, चाँद, तारे भी,
दहकता तो रहा आतिशफ़िशाँ, बाहर नहीं पिघला।

सवालों और ख़यालों में उलझकर रह गईं साँसें,
न था आसाँ समझ पाना कि वो क्यूँकर नहीं पिघला।

मेरी तनहाइयों की आँच, झुलसाती रही मुझको,
रहा तो बर्फ़ वो, फिर भी मुझे छूकर नहीं पिघला।

मुहब्बत यूँ तो की उसने ज़माने की हर इक शै से,
मेरी ही कम-नसीबी है, मुझे पाकर नहीं पिघला।

मोबाइल : 9922424607

असलम राशिद

दिल मे जो बेहिसी का मलबा है,
आपकी बेरुख़ी का मलबा है।

ये जो बिखरा हुआ है सहरा में,
मेरी तिश्नालबी का मलबा है।

रात है लाश, तीरगी की लाश,
और दिन रोशनी का मलबा है।

वस्ल क्या है ग़मों की मौत सिवा,
हिज्र क्या है ख़ुशी का मलबा है।

रूह है मौत की अमानत और,
ये बदन ज़िंदगी का मलबा है।

हैं ख़लाएँ तवाफ़ में जिसके,
चाँद उसकी गली का मलबा है।

जो समंदर से मिल नहीं पाई,
दर्द ऐसी नदी का मलबा है।

मोबाइल : 8989671786

कीर्ति रतन

इक अश्क ढला होता, इक ज़ख़्म अयाँ होता,
फ़ुरक़त का कोई लमहा तुझपे भी गिराँ होता।

सफ़हात सभी दिल के मैंने किए थे ज़ाहिर,
बेह्तर था वरक़ तेरे दिल का भी अयाँ होता।

रानाई-ए-हस्ती यूँ बेनूर नहीं होती,
जलवों का तेरे कोई बाक़ी जो निशाँ होता।

क्या कोई अदालत थी, मुंसिफ़ था कहीं कोई,
मज़लूमे-मुहब्बत का इंसाफ़ जहाँ होता।

ये इश्क़ मुज़फ़्फ़र है दुनिया से ये कहती मैं,
बिछड़े थे जहाँ पर हम, तू अब भी वहाँ होता।

मोबाइल : 9899646286

इ-मेल : nishi2170@gmail.com

अफ़रोज़ अज़ीज़

ग़मों से अपने कभी टूटकर बिखर भी गए,
बहुत से लोग यहाँ आरज़ू में मर भी गए।

कहाँ से लाते कोई हौसला बगावत का,
ज़माने तेरी निगाहों से हम तो डर भी गए।

गिला भी किससे करें तेरी बेवफ़ाई का,
मिला न अपना कोई आज हम जिधर भी गए।

शबे-फ़िराक तो करती है जागकर अपनी,
किसी की याद में बिखरे कभी सँवर भी गए।

जो आज बिछड़े तो फिर ना मिल सकेंगे 'अज़ीज़',
अगर चे आप मेरी ज़ीस्त से गुज़र भी गए।

मोबाइल : 8368039698,
इ-मेल : afrozaziz12345@gmail.com

हरि फ़ैज़ाबादी

मौत से भागता नहीं कोई,
पर उसे चाहता नहीं कोई।

आज सोचो जवाब कल देना,
सबसे कुछ माँगता नहीं कोई।

तुम सदा घूमते ही रहते हो,
घर में क्या डाँटता नहीं कोई।

हल तो हर मसअले का मुमकिन है,
दिल में बस ठानता नहीं कोई।

काम सब आदमी से होते तो,
राम को मानता नहीं कोई।

ऐसा जीना भी कोई जीना है,
तुमको पहचानता नहीं कोई।

मोबाइल : 9450489789

सुभाष पाठक 'ज़िया'

वक़्त के साथ मैं चलूँ कि नहीं,
सोचता हूँ वफ़ा करूँ कि नहीं।

उसने मुड़-मुड़ के बारहा देखा,
मैं उसे देखता भी हूँ कि नहीं।

मेरे ही जिस्म तक न पहुँचा नूर,
सोच में है दिया जलूँ कि नहीं।

तुझसे मिलकर तेरा न हो जाऊँ,
सो बता तुझसे मैं मिलूँ कि नहीं।

वो मुसल्सल सवाल करता है,
उसको कोई जवाब दूँ कि नहीं।

ये ख़ुशी है छुईमुई जैसी,
मशवरा दो इसे छुऊँ कि नहीं।

ऐ 'ज़िया' तू है जुस्तजू मेरी,
मैं तेरा इंतज़ार हूँ कि नहीं।

मोबाइल : 8878355676

पीयूष शर्मा

सुकूँ से, चैन से, राहत से, सबसे दूर है ये दिल,
यक़ीं होता नहीं इतना कि क्यों मजबूर है ये दिल।

तमाशा देखने वालो तमाशा देखते रहना,
पता तुमको नहीं अपनी खुदी में चूर है ये दिल।

उदासी, बेबसी और दर्द से लबरेज़ रहता है,
तभी उनकी निगाहों में अभी बे'नूर है ये दिल।

अगर तुम जा रहे हो छोड़कर तनहा मुझे जाओ,
नहीं रोकेगा अब तुमको बड़ा मग़रूर है ये दिल।

मोबाइल : 8574146939

इ-मेल : Piyushspn9@gmail.com

चित्रा भारद्वाज 'सुमन'

ऊँची लहरों से भी तो नाव पलट जाती है,
भागती ज़िंदगी लमहों में सिमट जाती है।

जब भी मंज़िल के बहुत पास पहुँच जाती हूँ,
ठीक उस वक़्त नज़र राह से हट जाती है।

आख़िरी दाँव भी हो जाता मेरे हक़ में मगर,
मेरी तहरीर से हर चाल उलट जाती है।

ज़ीस्त के तौर तरीक़ों की ख़बर होने तक,
इक पसोपेश में ये उम्र ही कट जाती है।

राहे उल्फ़त में ज़रूरी है सँभलकर चलना,
बेख़बर पाँव से तनहाई लिपट जाती है।

बाद बारिश के भी हालात कहाँ सँभलेंगे,
धूप भी अपने कई हिस्सों में बँट जाती है।

हद में रहकर ज़रा देखा करो ख़्वाबों को 'सुमन',
लज़्ज़ते-इश्क़ मुलाक़ात से घट जाती है।

मोबाइल : 9680301686

इ-मेल : bhardwaj.chitra@gmail.com

संतोष सिंह

कितना खुशरंग तेरा लहजा है,
जो तेरी आँख से छलकता है।

मैं तो ये जानकर परेशाँ हूँ,
मेरी ख़ातिर कोई सँवरता है।

उसका ख़त एक क़िताब में है उधर,
और इधर घर का घर महकता है।

इतना आसान तो नहीं हूँ मैं,
जितना आसान तू समझता है।

तूने कह तो दिया मुझे पत्थर,
मेरे सीने में दिल धड़कता है।

प्यास को रख दूँ तेरी प्यास के पास,
मैं भी दरिया हूँ तू भी दरिया है।

मोबाइल : 7202849829
इ-मेल : Santushssing@gmail.com

नीरज स्वामी

मैं क्या बताऊँ कितने अदाकार हैं मुझमें,
मैं एक हूँ और आदमी दो चार हैं मुझमें।

क़िस्से कहानी शायरी नज़्में अदाकारी,
इनके अलावा भी कई फ़नकार हैं मुझमें।

चाराग़री किस-किस की चाराग़र करे आख़िर,
बीमारियाँ छोड़ो कई बीमार हैं मुझमें।

मुझमें उठा पाती नहीं सर कोई बुराई,
सच्चाई और अच्छाई असरदार हैं मुझमें।

जल जाओगे मुझको कोई लालच नहीं देना,
ग़ैरत से दहकते हुए अंगार हैं मुझमें।

किस-किस को ख़रीदोगे कहाँ तक ख़रीदोगे,
इक दो नहीं यारो कई ख़ुद्दार हैं मुझमें।

मैं तुमसे बिछड़ने की क़सम ले तो रहा हूँ,
लेकिन बड़े बिखराव के आसार हैं मुझमें।

मोबाइल : 9817172208

आरती कुमारी

आँधी चली थी शम्अ बुझाने तमाम रात,
जलते रहे थे ख़्वाब सुहाने तमाम रात।

यूँ मेरे दर्दे-दिल की दवा बन सके न तुम,
रिसते रहे वो ज़ख़्म पुराने तमाम रात।

तोड़ा था जिसके दिल को सितारों ने बे'सबब,
आए थे जुगनू उसको मनाने तमाम रात।

जिनके लिए थी दिल की वो महफ़िल सजी हुई,
आए नहीं वो रस्म निभाने तमाम रात।

आई नहीं न आँख लगी सुब्ह हो गई,
करती रही ये नींद बहाने तमाम रात।

मोबाइल : 8084505505
इ-मेल : artikumari707@gmail.com

रवींद्र रवि

जो साथ रौशनी ने निभाया नहीं कभी,
मैंने भी फिर चिराग़ जलाया नहीं कभी।

इस दौर-ए-ज़ुल्म-ओ-जब्र में तेवर वही रहे,
सर कट गया हमारा झुकाया नहीं कभी।

दावे थे चाँद तोड़ के लाने के अनगिनत,
ये और बात कोई भी लाया नहीं कभी।

मुझसे बिछड़ के वो भी हुआ है ख़ामोश अब,
मैंने भी दिल का हाल सुनाया नहीं कभी।

हिस्से की अपनी धूप पड़ोसी को मिल सके,
मैंने मकान ऊँचा उठाया नहीं कभी।

ले आईं मुझको शह्र में मजबूरियाँ मगर,
मैंने भी गाँव दिल से भुलाया नहीं कभी।

साया रहा फ़क़ीर का सर पर मेरे सदा,
दस्तार माँग कर ये सजाया नहीं कभी।

मोबाइल : 9416877717

इ-मेल : sharmaravinder200@gmail.com

अनिता मौर्या

फ़ासला बीच का मिटा कैसे,
याद उसने मुझे किया कैसे।

अपनी पलकों में क़ैद रक्खा था,
राज़ दिल का मेरे खुला कैसे।

जिस्म के पैराहन के पार पहुँच,
उसने अहसास को छुआ कैसे।

जन्म देकर मैं घोंट दूँ बोलो,
अपनी उम्मीद का गला कैसे।

मौत जिस रोज़ मेरे दिल को मिली,
भूल जाऊँ वो हादसा कैसे।

जब तेरे नाम रूह भी कर दी,
अब मेरा मुझमें कुछ बचा कैसे।

मोबाइल : 7860321066

विवेक चौहान

माँ का आँचल, मेरा शबिस्ताँ, मेरा दस्तरख़ान भी है,
उसकी हथेली की गरमी से, रौशन मेरी जान भी है।

कद्दावर भी हमने यहाँ पर, ज़ह्न से बौने देखे हैं,
फूलों का मोहताज, मोहतरम, सजा हुआ बुस्तान भी है।

साहिल छूकर, दरिया नापूँ, इतना मैं कमज़र्फ़ नहीं,
मेरी आँख में अब भी मेरा, दिल भी है ईमान भी है।

बयाँ नहीं करतें हैं रस्ते, और नहीं कहती मंज़िल,
कितनी दूरी कहाँ मोड़ पर, खुशबू हैं तूफ़ान भी है।

अपनी उम्र से आगे के भी, मैंने मंज़र देख लिए,
आतिश आतिश, दरवाज़े हैं, धुआँ धुआँ दालान भी है।

तन से महँगे कपड़े लत्ते, औहदे इश्क़ से महँगे हैं,
घर से महँगा मकाँ, मकाँ से कुछ महँगा, समान भी है।

जिसके ख़्वाब 'विराट' पढ़े है, साँसों की पहनाई में,
वो बाशिंदा नज़र का मेरी, और मेरा मेह्मान भी है।

मोबाइल : 7500042420

अलका जैन 'शरर'

रेज़ा-रेज़ा ज़िंदगी है क्या बुरी है,
इक यही नेमत मुहब्बत से मिली है।

सारे झरने बह गए आँखों के शायद,
हसरतों की हर नदी सूखी पड़ी है।

छू गई थीं उससे इक दिन पगली आँखें,
जेह्न में खुशबू सी कोई आ बसी है।

होश दोनों के उड़ा पाई न उल्फ़त,
इश्क़ की शिद्दत में शायद कुछ कमी है।

रह गई काग़ज़ पे बस तहरीर वो ही,
बहते अश्कों से जो मिटने से बची है।

मोबाइल : 9320876729

ख़ुशबू सक्सैना 'स्वप्निल'

दिल को पत्थर बना के देखते हैं,
उससे नज़रें चुरा के देखते हैं।

दिल को तस्कीन की ज़रूरत है,
दर्द को गुनगुना के देखते हैं।

कोई आए-न-आए इससे क्या,
आज घर को सजा के देखते हैं।

जागता है कि सो रहा है वो,
उसकी पलकों पे जाके देखते हैं।

उसने क्या लिख दिया है आँखों में,
आईना पास लाके देखते हैं।

फिर नया दर्द चाहता है ये दिल,
उसकी बातों में आके देखते हैं।

मोबाइल : 8527862428

मीना सूद

सारे नफ़े नुक्सान के देखो,
जान मुझे तुम जान के देखो।

बेचैनी में चैन आएगा,
हिलते झुमके कान के देखो।

हया उतर आई गालों पर,
अब इम्कां इम्कानके देखो।

फ़स्ल दुल्हन तैयार हुई है,
दूल्हे बूटे धान के देखो।

मेरी जान में जान आई है,
ये भी पहलू जान के देखो।

मोबाइल : 9636955932
इ-मेल : mnsd111@gmail.com

ऐनुल' बरौलवी

धरती सूनी, सूना अंबर लगता है,
ठहरा-ठहरा सा हर मंज़र लगता है।

दिल टूटा तो ख़्वाब सभी मेरे टूटे,
ग़ैरों को छोड़ो ख़ुद से डर लगता है।

ये दिल का ज़ख़्म अभी गहरा है मेरा,
जीवन ग़म का एक समंदर लगता है।

तिल-तिल जलता रहता है ये दिल मेरा,
जीवन ख़ुशियों का इक खंडर लगता है।

शिद्दत से चाहा है जिसको मैंने, अब,
क्यूँ ख़ूँ का प्यासा वो अक्सर लगता है।

फूल दिए जिसको वो अब काँटें देता,
कितनी नफ़रत उसके अंदर लगता है।

दुनिया ने ढेरों पत्थर फेंके मुझपर,
फूल तुम्हारा भी अब नश्तर लगता है।

छोड़ गए ग़म के सहरा में जबसे तुम,
प्यार तुम्हारा 'ऐनुल' ख़ंज़र लगता है।

मोबाइल : 7004356036

इ-मेल : ainulhaque124@gmail.com

पूनम माटिया

नहीं ये बुलबुला पानी का चढ़ता-गिरता पारा है,
सुलगता रात-दिन दिल में, मुहब्बत वो शरारा है।

हक़ीक़त की कसौटी पर कसूँगी दिल के जब रिश्ते,
मैं गौहर पा ही जाऊँगी समुंदर गो कि खारा है।

जनाज़े में नहीं होगा तग़ाफ़ुल, बेनियाज़ी भी,
मैं ज़िंदा हूँ तभी तक दुश्मनी का खेल सारा है।

ज़माने भर के लोगों ने मुक़दमा कर दिया दायर,
मेरे आँचल ने जब पाया किसी का भी सहारा है।

अरे पूनम! ये क़िस्मत और ही कुछ गुल खिलाएगी,
जो तुम समझे, जो हम समझे नहीं ये वो इशारा है।

मोबाइल : 9312624097
इ-मेल : poonam.matia@gmail.com

गुरचरन मेहता 'रजत'

अगर तू शम्स मैं जुगनू मुनीर हो जाऊँ,
मिले जो प्यार तेरा मैं अमीर हो जाऊँ।

तमन्ना जितनी अधूरी हैं पूरी हो जाएँ,
तेरे ही दर का जो मैं भी फकीर हो जाऊँ।

मिसाल देगा ज़माना मेरी मुहब्बत की,
नज़र में सबकी मैं ऐसी नज़ीर हो जाऊँ।

सता रहा है मुझे डर यही मेरे हमदम,
कहीं नज़र में न तेरी हक़ीर हो जाऊँ।

तू अपने हाथों की मेहँदी में यूँ छुपा मुझको,
तेरी लकीरों से मिलकर लकीर हो जाऊँ।

झलक दिखा भी दे होली के रंग बरसे हैं,
लगे जो गालों पे तेरे अबीर हो जाऊँ।

'रजत' की शाइरी को याद रक्खे दुनिया बस,
न चाहता हूँ मैं तुलसी कबीर हो जाऊँ।

मोबाइल : 9540746070
इ-मेल : gcmlucky@gmail.com

वंदना वर्मा 'अनम'

कुछ और नहीं है ये बस तेरी निशानी है,
है ख़ूने-जिगर मेरा आँखों में जो पानी है।

हर रोज़ ही लिखती हूँ मैं अपना ही अफ़साना,
पढ़ ले मेरी आँखों में बस तेरी कहानी है।

जिस दिन से तुझे अपनी आँखों में बसाया है,
कहती है मुझे दुनिया ये कोई दिवानी है।

ये जान भले जाए ईमान भले जाए,
पर रस्म मोहब्बत की कैसे भी निभानी है।

यादों पे तुम्हारी अब कोई ज़ोर नहीं मेरा,
जीना है बहुत मुश्किल ये बात बतानी है।

इस तेरी 'अनम' को बस तुझसे ही मोहब्बत है,
कुर्बान तेरी ख़ातिर मेरी ये जवानी है।

मोबाइल : 7398266078
इ-मेल : vandanavs5611@gmail.com

आराधना प्रसाद

चलना है राहे-हक़ पे तो मुड़कर न देखिए,
नेज़े पे लाख़ सर है मगर सर न देखिए।

मेरी नज़र से देखिए मंज़र बहार का,
औरों की आँख से कोई मंज़र न देखिए।

मंज़िल की आरज़ू है तो बढ़िए जुनून से,
राहों में फ़ूल, काँटे के पत्थर न देखिए।

गुमराह कर दे जो भी सदाक़त की राह से,
ऐसा ख़ुदारा कोई भी रहबर न देखिए।

पहचानिए किसी को भी किरदार देखकर,
है किसके पास कितना फ़क़त ज़र न देखिए।

मोबाइल : 7250606100
इ-मेल : lovely230500@gmail.com

चेतन आनंद

याद आते हैं हमें जब चंद चेहरे देर तक,
हम उतर जाते हैं गहरे और गहरे देर तक।

चाँदनी आँगन में टहली भी तो दो पल के लिए,
धूप के साए अगर आए तो ठहरे देर तक।

बंदिशें दलदल पे मुमकिन ही नहीं जो लग सकें,
रेत की ही प्यास पर लगते हैं पहरे देर तक।

हम नदी हैं पर खुशी है हम किसी के हो गए,
ये समंदर कब हुआ किसका जो लहरे देर तक।

ये हक़ीक़त है यहाँ मेरी कहानी बैठकर,
ग़ौर से सुनते रहे कल चंद बहरे देर तक।

मोबाइल : 8586053956

संजय कुमार गिरि

याद तुमको बिन किए रातों को सो सकता नहीं,
भूल जाऊँ याद करना ये तो हो सकता नहीं।

छोड़ दूँ तुमको अकेला यूँ कहीं मझधार में,
बे'सबब आँखें तुम्हारी मैं भिगो सकता नहीं।

दोस्तों पर आज तक मुझको भरोसा ये रहा,
बीज नफ़रत के कभी यूँ दोस्त बो सकता नहीं।

कितनी मैली हो रही है आज गंगा देखिए,
लाख चाहे आज इंसाँ पाप धो सकता नहीं।

कैसे पाएगा जगह वो फिर दिले-महबूब में,
दामने-दिल को जो अश्कों से भिगो सकता नहीं।

हो गई है रोते-रोते खुश्क आँखें दोस्तो,
रात की तारीकियों में अब मैं रो सकता नहीं।

मोबाइल : 9871021856
इ-मेल : sanjaygiri75@gmail.com

योगेश सिंह राठौर 'पारस रतलामी'

अपने बंदों पे इनायत भी ख़ुदा करता है,
आए मुश्किल तो हिफ़ाज़त भी ख़ुदा करता है।

हक़ नवाई को इज़ाज़त नहीं देता ये जहाँ,
हक़ नवाओं से मुहब्बत भी ख़ुदा करता है।

हो जवानी का नशा या कि हो कोई गुमाँ,
ये न भूलो की हलाक़त भी ख़ुदा करता है।

घर सितारों पे बसा ज़द में न अम्बर समझो
नागहाँ पल में कयामत भी ख़ुदा करता है

अब ज़माने से रज़ा कोई ये 'पारस' न रखे,
हम फ़क़ीरों की ज़ियाफ़त भी ख़ुदा करता है।

मोबाइल : 8349357399

इ-मेल : yogeshsinghrathore12@gmail.com

मुनव्वर अली 'ताज'

झरनों का ये यक़ीन होता है,
गिरना कितना हसीन होता है।

जब कोई दिलनशीन होता है,
दर्द तब हमनशीन होता है।

हर ग़ज़ल से ख़याल का रिश्ता,
कितना आला तरीन होता है।

बोया जाता है नूर यादों का,
कोरा काग़ज़ ज़मीन होता है।

दो अदाओं के बीच में रहकर,
पिसना कितना महीन होता है।

शर्म होती नहीं है बेपर्दा,
हुस्न परदा नशीन होता है।

बाँटने की दुआ नहीं करता,
दर्द कितना ज़हीन होता है।

जब भी लगता है बदज़बानी का,
ज़ख़्म ताज़ा तरीन होता है।

प्यार से देखता है जब कोई,
ताज तब बेहतरीन होता है।

मोबाइल : 9893498854

शाकिर 'नज़र'

बातों की तकरार में रहना,
यादों के इज़हार में रहना।

हर मिसरे के प्यार में रहना,
ग़ज़लों के गुलज़ार में रहना।

फूल में रहना ख़ार में रहना,
आर में रहना पार में रहना।

यक़जहती ऐसी अपनाना,
फूल है तू तो हार में रहना।

प्यार है तू तो फ़र्ज़ है तुझ पर,
देश के हर त्यौहार में रहना।

सोच मुनव्वर करना है तो,
तनहाई के ग़ार में रहना।

नुक्ताचीं है तेरी 'नज़र' तो,
अब जा तू बाज़ार में रहना।

मोबाइल : 9413653651

बाबा बैद्यनाथ झा

गाँव क़स्बे मुल्क की तस्वीर होती है ग़ज़ल,
बेजुबानों, बेकसों की पीर होती है ग़ज़ल।

हुस्न की हर इक अदा का स्वाद इसने चख लिया,
आज रोटी से जुड़ी ताबीर होती है ग़ज़ल।

पेट में गमछे कसे हों हाथ में खुरपी लिए,
लिख रहे जो मुल्क की तक़दीर होती है ग़ज़ल।

दे रही तालीम सबको नेक बनने के लिए,
सिरफिरों के ही लिए तक़रीर होती है ग़ज़ल।

नफ़रतों की आग में जो डालते हैं घी सदा,
दुष्ट लोगों के लिए विष-तीर होती है ग़ज़ल।

जान देते प्यार में जो यह महज़ उनके,
कृष्ण-राधा और राँझा-हीर होती है ग़ज़ल।

शायरी की राह में जो मील के पत्थर बने,
सूर, तुलसी और ग़ालिब मीर होती है ग़ज़ल।

बेचकर ईमान 'बाबा' बन रहे गद्दार जो,
उन बहकते पाँव की जंजीर होती है ग़ज़ल।

मोबाइल : 7543874127,

इ-मेल : jhababa55@yahoo.com

* ताबीर = तकरीर, बहस

राहुल शिवाय

बता दे ये ज़मीं कैसे तुझे आज़ाद लगती है,
जहाँ हक़ माँगना मजलूम की फ़रियाद लगती है।

कि जिनको है चुना हमने हमारी सरपरस्ती को,
हमें उनकी ही नीयत अब बड़ी नाशाद लगती है।

है जिसके आँखों पे पट्टी, कि जो इन्साफ़ करती है,
वो देवी अब मुझे धृतराष्ट्र की औलाद लगती है।

परिंदा ख़ौफ़ के मारे कभी कुछ कह नहीं पाता,
ये जनता जुल्म सहने की बड़ी उस्ताद लगती है।

मुहब्ब्त को सिखाओ तुम, सिखाओ तुम नहीं मज़हब,
मुहब्बत के बिना हर चीज बेबुनियाद लगती है।

मोबाइल : 8295409649,
इ-मेल : rahulshivay@gmail.com

सुधीर त्यागी

टपकती छत, ग़रीबी, नातवानी याद आएगी,
कमी में इश्क़ से यारी पुरानी याद आएगी।

फ़िजाँ में बिखरा हो गर इश्क़ तो गुल भी महकते हैं,
मुहब्बत में महकती रात रानी याद आएगी।

चली जाओगी तुम छूकर, तुम्हारा कुछ न बिगड़ेगा,
न जी पाएँगे, खुशबू ज़ाफ़रानी याद आएगी।

जुबाँ पे जब किसी की, नाम तेरे शह्र का होगा,
हमें भी हूर कोई आसमानी याद आएगी।

किताबों के बहाने अँगुलियाँ छू, मुस्कुरा देना,
घड़ी भर इश्क़ की पहली कहानी याद आएगी।

न देखो यूँ समुंदर के किनारे बैठे जोड़ों को,
इसे देखेंगे तो अपनी भी जवानी याद आएगी।

मोबाइल : 9810581233

मोहम्मद मक़सूद 'शाद'

इस ज़िंदगी को तेरा सहारा है आजकल,
तू ही सफ़र है तू ही किनारा है आजकल।

तेरे ही इख़्तयार में मेरी हयात है,
तू जो भी कर सुलूक गवारा है आजकल।

पामाल हो रही है मुहब्बत में ज़िंदगी,
क़िस्मत का गर्दिशों में सितारा है आजकल।

वो भी जफ़ा के रास्ते आख़िर गुज़र गया,
जिसकी वफ़ा में अपना गुज़ारा है आजकल।

हो ही रहा था ख़ात्मा मेरे वजूद का,
तुमने ही मेरे फ़न को निखारा है आजकल।

तू ही है नाख़ुदा तू ही हमदम तू ग़मगुसार,
कश्ती-ए-दिल को तेरा सहारा है आजकल।

किसको सुनाएँ, 'शाद', ग़मे-दिल की दास्ताँ,
हर आदमी तो वक़्त का मारा है आजकल।

मोबाइल : 9754607065

कुलदीप शर्मा 'दीप'

सुनहरे ख़्वाब दिखलाकर के उनको तोड़ देती है,
मुहब्बत भीड़ में भी मुझको तनहा छोड़ देती है।

सर पर हाथ हो माँ का कोई मुश्किल नहीं मुश्किल,
माँ की एक दुआ मुश्किल का रस्ता मोड़ देती है।

वफ़ा की चाह में चाहत के दर पर आ गया फिर से,
मगर हर बार ये क़िस्मत में आँसू जोड़ देती है।

क़िस्मत भी मेरी मुझसे बग़ावत पर उतारू है,
में इससे माँगता कुछ हूँ मुझे कुछ और देती है।

मोबाइल : 7007905238

सीमा सिंह

उसी के साथ अपनी ज़िंदगी भी मुस्कुराई है,
ज़माने बाद होंठों पे हँसी उनके जो आई है।

यक़ीं होता नहीं मुझको उसे इस हाल में पाकर,
लगाई आग खुद उसने उसी ने खुद बुझाई है।

ये मौसम जब भी आता है उदासी छोड़ जाता है,
समझ में कुछ नहीं आता घुटन कैसी ये पाई है।

ये बेटी नाज़ से हमने बड़े जो लाड़ से पाली,
खुदा रक्खे नज़र उसपे यही अपनी कमाई है।

सवालों में रहा उलझा हमारा–आपका रिश्ता,
मगर यह भी हुआ दिल की लगी हमने निभाई है।

सितारों से सजी यह रात रौशन–चाँदनी हम–तुम,
इसी इक रात की ख़ातिर ये महफ़िल तो सजाई है।

मोबाइल : 9891297770

अरुणा अवस्थी

मंज़िलें फिर मिल न पाई रास्तों के दरमियाँ,
ज़िंदगी भी खो रही है हादसों के दरमियाँ।

मिट गए जो आए थे हमको मिटाने के लिए,
आँधियों को कौन रोके हौसलों के दरमियाँ।

गर्दिशों में हैं सितारे ख़्वाहिशें भी मर गईं,
इस तरह कब तक जिएँगे इन ग़मों के दरमियाँ।

साज़िशें रचते रहे हर इक क़दम पर वो मग़र,
ख़्वाहिशें पूरी न होती नफ़रतों के दरमियाँ।

नफ़रतों के दौर में जाएँ तो हम जाएँ किधर,
इम्तहानों की घड़ी है मंज़िलों के दरमियाँ।

डिग्रियाँ हैं हाथ में पर नौजवाँ मजबूर हैं,
उनकी तकदीरें छुपी हैं काग़ज़ों के दरमियाँ।

अब सुकूँ मिलता नहीं है 'अरुणा' को इस भीड़ में,
आशियाँ अपना बनाया जंगलों के दरमियाँ।

मोबाइल : 9839437423
इ-मेल : arunaawasthi707@gmail

अशोक 'पंकज'

सितम जो मेरे दिल पे ढाए हुए हैं,
वो फिर आज महफ़िल में आए हुए हैं।

जो दुश्मन हुए हैं दिलोजाँ के यारो,
उन्हीं पर दिलोजाँ लुटाए हुए हैं।

हमें उनकी यादों से फुरसत नहीं है,
जो मुद्दत से हमको भुलाए हुए हैं।

लो ख़ुद हट गए हैं हमीं रास्ते से,
वो क्यूँ अपना दामन बचाए हुए हैं।

न यूँ हमसे छुप-छुप के परदे में बैठो,
ये जलवे हमारे चुराए हुए हैं।

मोहब्बत, वफ़ा छोड़िएगा भी साहेब,
ये क़िस्से सुने और सुनाए हुए हैं।

वो ही चूमते हैं बुलंदी भी अक्सर,
जो क़दमों में सर को झुकाए हुए हैं।

घटाओं से बिजली सी चमकी है 'पंकज',
वो चेह्रे से परदा हटाए हुए हैं।

मोबाइल : 9990307562

भूपेंद्र सिंह 'शून्य'

इक बार ज़रूरी है सौ बार ज़रूरी है,
इज़हार मुहब्बत का, हर बार ज़रूरी है।

देखा है उन्हें यूँ तो, ख़्वाबों में ख़यालों में,
अरमाँ भी निकल जाएँ, दीदार ज़रूरी है।

बस अज़्म बचाता है तूफ़ाँ में सफ़ीने को,
नादाँ है, जो कहते हैं पतवार ज़रूरी है।

हल सारे मसाइल का जब प्यार से है मुमकिन,
इंसाँ के लिए फिर क्यों, हथियार ज़रूरी है।

दौलत से नहीं मुमकिन, इज़्ज़त किसी इंसाँ की,
इज़्ज़त के लिए यारो, क़िरदार ज़रूरी है।

रूदादे-मुहब्बत हैं चेह्रे की शिकन पढ़िए,
हर लफ़्ज़ ये कहता है बस प्यार ज़रूरी है।

मोबाइल : 9415002346
इ-मेल : bstrades@gmail.com

मनीषा जोशी

मुझको मेरा ही साया तब दीवाना सा लगता है,
मेरे ज़ख़्मों से जब भी वो अंजाना सा लगता है।

चुपके से जो आ जाता है मेरे मन के आँगन में,
उस छलिए के दिल का रस्ता बेगाना सा लगता है।

साहिल पर जब बैठकर देखा, लहरों का आना जाना,
जीवन चक्र सरलता से तब पहचाना सा लगता है।

बच्चों का मतलब जब निकला, माँ–बाबा तब बोझ लगे,
अपने ही घर में रहना अब ,जुर्माना सा लगता है।

फ़र्ज़ीं रिश्तों के संग जीना, कितना मुश्किल है सोचो,
जीते तो हैं पर वो जीना, मर जाना सा लगता है।

दर्द भरे अल्फ़ाज़ हैं उनके और आँखें पुरदर्द लगें,
मुझको हर इक शायर का दिल ग़म ख़ाना सा लगता है,

मेरे बिन वो भी है अधूरा, जैसे मैं हूँ उसके बिन,
ऐसी बातों से खुद को अब, बहलाना सा लगता है।

कल की भूल है सीख 'मनीषा', आज सँवारों तुम अपना,
आज से कल का ये सुंदर ताना–बाना सा लगता है।

मोबाइल : 9873148408
इ-मेल : mj0001997@gmail.com

विनोद कुमार गुप्त 'भावुक'

दाल में हमको कुछ भी काला, नहीं दिखा तो नहीं दिखा,
भइया कोई गड़बड़झाला, नहीं दिखा तो नहीं दिखा।

चाँदी की बारिश होने पर आँखें चुंधिया जाती हैं,
अब ऐसे में हमें घोटाला, नहीं दिखा तो नहीं दिखा।

घटना आखेटक गवाह गन सब पर पैनी नज़र रही,
किसने मारा मृग वो काला, नहीं दिखा तो नहीं दिखा।

छुट भइए सारे अपराधी हमको दिखते हैं लेकिन,
अपराधी कोई भी आला, नहीं दिखा तो नहीं दिखा।

न्याय पालिका लोकतंत्र पर दिखने लगा बड़ा ख़तरा,
अब तक पी रक्खी थी हाला, नहीं दिखा तो नहीं दिखा।

पथ के बीन हमारे काँटे गुल कालीन बिछाते जो,
हमको उनके पाँव का छाला, नहीं दिखा तो नहीं दिखा।

मंदिर मस्ज़िद मठ गुरुद्वारा चर्च भटकते रहे सतत्,
मन मंदिर का मगर शिवाला, नहीं दिखा तो नहीं दिखा।

तन्मयता से 'भावुक' होकर उनको घूर रहे थे हम,
पीछे खड़ा हुआ था साला, नहीं दिखा तो नहीं दिखा।

मोबाइल : 7408410357
इ-मेल : vinod.bhavuk@gmail.com

ममता लड़ीवाल

किस मोड़ पर ले आया मुझे दिल्लगी का रोग,
अब छूटता नहीं है मुआ आशिक़ी का रोग।

उसने छिपा ली हँसते हुए पेट की मरोड़,
पर चीथड़ों से झाँक रहा मुफ़लिसी का रोग।

इक बस क़ज़ा ही करती है हर हाल में वफ़ा,
फिर भी लगा है सबको यहाँ ज़िंदगी का रोग।

हुस्नो-जमाल इश्क़ अदाओं में मत बहक,
बरबाद कर ही देता है ये मयकशी का रोग।

मंदिर में दिख गया कभी मस्जिद में वो मिला,
दीवाने को लगा है अजब बंदगी का रोग।

उम्मीद थी कि थाम लेगा हाथ तू मेरा,
नाकाम ख़्वाहिशों को लगा है ग़मी का रोग।

क़तरा के दूर से ही निकल जाते हैं सभी,
'ममता' लगा है जबसे तुझे शायरी का रोग।

मोबाइल : 8287619219
इ-मेल : mamtaladiwal01@gmail.com

पीयूष गुप्ता 'गगन'

इस दुनिया से थोड़ा बाहर आने दे,
आज ज़रा मुझको खुदसे मिल जाने दे।

मैं भी देखूँ किस हद तक गिर सकता है,
उसको अपना खुल के रंग दिखाने दे।

चार दिनों के जीवन में क्या वैर रखूँ,
हँसते-हँसते सबसे हाथ मिलाने दे।

या तो मेरी खुशियाँ मेरे हिस्से कर,
वरना मुझको मिट्टी में मिल जाने दे।

दुनिया का हर इंसाँ एक मदारी है,
सबको अपना-अपना खेल दिखाने दे।

मैं भी इक दिन मिट्टी में मिल जाऊँगा,
जब तक जिंदा हूँ तब तक मुस्काने दे।

कब तक अपना और पराया देखूँ मैं,
इक दरिया हूँ सबकी प्यास बुझाने दे।

मोबाइल : 7275913697

इ-मेल : peeyushgagan@gmail.com

अभिषेक कुमार 'अंबर'

वो मुझे आसरा तो क्या देगा,
चलता देखेगा तो गिरा देगा।

क़र्ज़ तो तेरा वो चुका देगा,
लेकिन अहसान में दबा देगा।

हौसले होंगे जब बुलंद तेरे,
तब समुंदर भी रास्ता देगा।

एक दिन तेरे जिस्म की रंगत,
वक़्त ढलता हुआ मिटा देगा।

हाथ पर हाथ रख के बैठा है,
खाने को क्या तुझे ख़ुदा देगा।

लाख गाली फ़क़ीर को दे लो,
इसके बदले भी वो दुआ देगा।

ख़्वाब कुछ कर गुज़रने का तेरा,
गहरी नींदों से भी जगा देगा।

क्या पता था कि जलते घर को मेरे,
मेरा अपना सगा हवा देगा।

मोबाइल : 8587827434

रेखा नायक 'रानो'

सर पे इक सायबान काफ़ी है,
क़द के अंदर उड़ान काफ़ी है।

सच को सुनता नहीं यहाँ कोई,
वरना ये दो-दो कान काफ़ी है।

बात देने की है तो सुन हमदम,
रख हथेली पे जान काफ़ी है।

सर छुपाने की बात करते हो,
एक टूटा मकान काफ़ी है।

तल्खियाँ होश में आ जाएँगी,
सिर्फ़ शीरीं ज़ुबान काफ़ी है।

'रानो' ज़िंदा रहेगी ऐसे ही,
साथ जो कुछ है शान काफ़ी है।

मोबाइल : 9009282666

मिलिंद गढ़वी

नौकर हटा दिए, कभी अफ़सर हटा दिए,
हमने पुरानी सोच के दफ़्तर हटा दिए।

पैरों का जुर्म था मगर ठोकर के नाम पर,
लोगों ने आज मील के पत्थर हटा दिए।

सारे सितारे तोड़कर आँसू बना लिये,
इन मजनुओं ने रात के ज़ेवर हटा दिए।

दिन रात छत पे नाचते थे कूद-कूदकर,
दिल से तेरे ख़याल के बंदर हटा दिए।

हमने तमाम शहर को ख़ुद्दार कर दिया,
झुकते थे सर जहाँ-जहाँ वो दर हटा दिए।

मोबाइल : 9586599699

सूबे सिंह सुजान

ऐसे करतब से बात करते हैं,
लोग मतलब से बात करते हैं।

बात करनी जिन्हें नहीं आती,
बस वही सब से बात करते हैं।

झूठ की झाड़-फूँक करते हैं,
दावा ये रब से बात करते हैं।

ख़ुद-ब-ख़ुद बोलता हूँ उस दिन से,
मुझसे वो जबसे बात करते हैं.

बात इंसान से नहीं करते,
लोग मज़हब से बात करते हैं।

मोबाइल : 9416334841
इ-मेल : subesujan21@gmail.com

इक़बाल 'फ़ज़ा' जातरवी

हुआ कुछ इस तरह उनका मुझे दीदार बेपर्दा,
तसव्वुर मे चला आया ख़याले-यार बेपर्दा।

मुहब्बत तो मुहब्बत है मुहब्बत छुप के होती है,
मुझे ज़ेबा नहीं देता करूँ इज़हार बेपर्दा।

[illegible]ने की निगहों से तुझे महफ़ूज़ रक्खूँगा,
क[illegible] होने नहीं दूँगा में अपना प्यार बेपर्दा।

सुख़न की बज़्म में जज़्बात को काबू में रखता हूँ,
मुझे होने नहीं देता मेरा मेयार बेपर्दा।

'फ़ज़ा' गर शायरी करना है तो ये ध्यान रख़िएगा,
कभी होने न पाएँ आपके अशआर बेपर्दा।

मोबाइल : 9893083060

आरज़ू अशरफ़ सुल्तानपुरी

तेरे दिल में ठिकाना चाहती है,
मोहब्बत घर बसाना चाहती है।

वो जब से पास आना चाहती है,
बहाना ही बहाना चाहती है।

तेरे पहलू में आकर ज़िंदगानी,
सभी ग़म भूल जाना चाहती है।

फ़क़त मैं ही नहीं ये चाहता हूँ,
वो खुद नज़दीक आना चाहती है।

ये दिल सबकुछ छुपाना चाहता है,
नज़र लेकिन बताना चाहती है।

हवा पिस जाए आए दरमियाँ गर,
वो इतना पास आना चाहती है।

मोबाइल : 9616184629

शिवकांत शर्मा 'शिव'

बस अभी लौटा हूँ मैं थक हारकर बीड़ी पिला,
मैं भटकता फिर रहा था दर-ब-दर बीड़ी पिला।

मरज़ की पेचीदगी से है परेशाँ चारागर,
अब नहीं कोई भी नुस्ख़ा कारगर बीड़ी पिला।

[illegible] बताऊँगा सुबह सूरज की कारिस्तानियाँ,
जा[illegible]ना है आज मुझको रातभर बीड़ी पिला।

क्यूँ ज़हर देते हो मुझको ख़ुदकुशी के वास्ते,
इससे बेह्तर हो नहीं सकता ज़हर बीड़ी पिला।

खेंच लेने दे मुझे तू प्यार से दो-चार कश,
फिर दिखाऊँगा तुझे अपना हुनर बीड़ी पिला।

ज़िंदगी में दौरे-उलझन से गुज़रते हैं सभी,
आजकल मैं चिड़चिड़ा हूँ माफ़ कर बीड़ी पिला।

मोबाइल : 9896364315
इ-मेल : sharmashivkant58@rediffmail.com

इरफ़ान 'आबिद'

मेरे हाथों में आ गई मिट्टी,
जाने क्या-क्या बता गई मिट्टी।

वो सिकंदर हो या कि बाबर हो,
अच्छे-अच्छों को खा गई मिट्टी।

एक मैं क्या हूँ, बादशाहों की,
सिर्फ़ दो गज़ में आ गई मिट्टी।

जिस्म फिरऔन का फ़ना करके,
अपनी फ़ितरत दिखा गई मिट्टी।

इस ज़मीं पर अकड़ने वालों की,
हड्डियाँ तक चबा गई मिट्टी।

जिसने डाली है जान मिट्टी में,
किस क़दर उसको भा गई मिट्टी।

सारी दुनिया में घूमकर 'आबिद',
ख़ाक में फिर समा गई मिट्टी।

मोबाइल : 8941074281
इ-मेल : khanirfan33458@gmail.com

मोहम्मद आरिफ़ उल क़ादरी

बहुत हसीन जहाँ में जहाँ बसाया था,
चराग़ तेरी मुहब्बत का जब जलाया था।

मेरी निगाहों में जिसका खुमार छाया था,
अभी ख़याल ज़ह्न में उसी का आया था।

जवाँ दिलों को दिवाना बना दिया पल में,
नक़ाब चेह्रे से उसने फ़क़त हटाया था।

तुझे तो जंगे-मुहब्बत में जीतना ही था,
हसीन चेह्रा खुदा से जो तूने पाया था।

आता है उसका वो अजब अंदाज़,
कभी हँसाया था मुझको कभी रुलाया था।

सितम तो ये है कि उसने भी बे'वफ़ा कहकर,
मेरे ही सामने मेरा वो ख़त जलाया था।

सुकून अपने मुक़द्दर का ढूँढने आरिफ़,
इसीलिए तो तुम्हारे क़रीब आया था।

मोबाइल : 7869842999
इ-मेल : marifquadri@gmail.com

शीबान क़ादरी

तंग जब परदेस में करती है तनहाई बहुत,
याद आती है शकस्ता घर की अंगनाई बहुत।

ना उमीदी का दिलों पर होता है ग़लबा जहाँ,
काम आती है वहाँ तेरी एक अंगड़ाई बहुत।

क्या दमक है आरिज़ों पर पहले-पहले प्यार की,
आईने में देखकर खुद को वो शर्माई बहुत।

पास आती जा रही हैं दिन-ब-दिन खुदग़रज़ियाँ,
दूर होता जा रहा है भाई से भाई बहुत।

बारिशों ने फिर उड़ाया एक मुफ़लिस का मज़ाक,
जम गई घर के दरो-दीवार पर काई बहुत।

मैंने खुद ही तोड़ डाला अपने ख़्वाबों का महल,
मेरी नादानी पे हँसती क्यों न दानाई बहुत।

सत्ह पर आने नहीं देती सफ़ीने को मेरे,
कह्र ढाती है तेरी आँखों की गहराई बहुत।

बैठे-बैठे बाप के घर में वो बूढ़ी हो गई,
खूँ रुलाती है उसे आवाज़-ए-शहनाई बहुत।

दर्द के मौसम ने जब 'शीबान' ली अँगड़ाईयाँ,
याद आई दोस्तों की कार फ़रमाई बहुत।

मोबाइल : 8958472872
इ-मेल : shiban.sahafat@gmail.com

मंजुल मंज़र लखनवी

ज़बाँ आतिश उगलती है हमारी भी तुम्हारी भी,
कहीं पर कुछ तो ग़लती है हमारी भी तुम्हारी भी।

भुलाकर तल्ख़ियाँ कुछ वक़्त आओ साथ जी लें हम,
मुसल्सल उम्र ढलती है हमारी भी तुम्हारी भी।

वहाँ पर ला-मुहाला नूर बढ़कर दो गुना होगा,
जहाँ पर शम्अ जलती है हमारी भी तुम्हारी भी।

चलो चलकर झुका दें सर उसी के दर पे हम अपना,
वहीं क़िस्मत बदलती है हमारी भी तुम्हारी भी।

ज़माने में मुहब्बत की हवाओं का जो 'मंज़र' है।
उसी से साँस चलती है हमारी भी तुम्हारी भी।

मोबाइल : 9450773238

मीरा चौरसिया

जहाँ में एक तेरे बिन नहीं कोई हमारा है,
न जाना छोड़कर मुझको मे'रा तू ही सहारा है।

सितम दुनिया के सहकर भी हमेशा मुस्कुराऊँगी,
मेरी कश्ती भी तू ही है तू ही मेरा किनारा है।

नहीं देखूँ किसी को मैं नज़र भर के कभी इक पल,
फ़लक से इस ज़मीं तक एक तुझको ही निहारा है।

तू ही गीता भी है मेरी तू ही कुरआन भी मेरी,
मेरी नज़रों में तू ही एक जन्नत का नज़ारा है।

खुदाया अब कभी भी दूर तू जाना नहीं मुझसे,
मेरी क़िस्मत का तुझसे ही तो बस रोशन सितारा है।

मैं इक बेनाम सा उड़ता हुआ काग़ज़ का टुकड़ा हूँ,
यहाँ जो कुछ भी मेरा है वो सब का सब तुम्हारा है।

तू मुझसे दूर गर होगा तो फिर मैं जी न पाऊँगी,
तेरे बिन एक पल को भी नहीं अपना गुज़ारा है।

जहाँ में मैं नहीं होती तो फिर तू भी नहीं होता,
ज़मीं पर मेरी ही ख़ातिर तुझे रब ने उतारा है।

लगा दी ज़िंदगी 'मीरा' ने अपने श्याम की धुन में,
इसी में कट गया जीवन समय की तेज़ धारा है।

मोबाइल : 9235163562

अनवर 'साहिल'

तुम्हारे हाथ मैं जब से निज़ाम आया है,
किसी का क़त्ल हुआ मेरा नाम आया है।

गया था तोड़के सब रिश्ते जो सदा के लिए,
उसी का आज मेरे घर पयाम आया है।

तमाम उम्र हिक़ारत से जिसको देखा है,
हमेशा शख़्स वही मेरे काम आया है।

लिखा था वक़्त पे देना दवा पिताजी को ,
किसी जवान का ख़त माँ के नाम आया है।

न जान कौन सी फ़रियाद लेके अब 'साहिल',
क़िले के द्वार पे सारा अवाम आया है।

मोबाइल : 9981019599

शिरीष नाईक

याद करता रहे जहान मुझे,
कर दे रब ऐसी दास्तान मुझे।

चुभ रहे हैं ये हिज्र के मौसम,
तंग करती है मेरी जान मुझे।

वो परिंदे भी कश'मकश में है,
कह रहे थे जो आसमान मुझे।

घाव तो कब के भर गए लेकिन,
आज भी चुभते है निशान मुझे।

दे गए हैं मुझे वो तनहाई,
बज़्म की कहते थे जो शान मुझे।

मोबाइल : 9423467267

शान मिस्बाही

रुख़ से घूँघट को हटाने की ज़रूरत क्या है,
मुझको दीवाना बनाने की ज़रूरत क्या है।

गर नहीं इश्क़ तो क्यूँ साफ़ नहीं कह देते,
इस तरह बात घुमाने की ज़रूरत क्या है।

लौट आऊँगा यक़ीनन ये है वादा तुमसे,
आँख से अश्क बहाने की ज़रूरत क्या है।

उनके क़दमों से हुईं रौनक़ें मेरे घर में,
अब चराग़ों को जलाने की ज़रूरत क्या है।

गर कोई देखले तो आसमाँ उट्ठे सर पर,
बारहा छत पे बुलाने की ज़रूरत क्या है।

मेरी बाँहों से लिपट जाओ मुझे प्यार करो,
इस तरह छुपने छुपाने की ज़रूरत क्या है।

बाज़िए इश्क़ में जब जीत लिया दिल मेरा,
फिर भला मुझको हराने की ज़रूरत क्या है।

कब तलक 'शान' पिओगे ये मय के प्याले,
आग में ख़ुद को जलाने की ज़रूरत क्या है।

मोबाइल : 9917160447
इ-मेल : shanealimisbahimadari2@gmail.com

दीपक शर्मा 'दीप'

आँखों की हुशियारी मतलब आहा क्या हुशियारी थी,
होश में भी थे जुंबिश भी थी मदहोशी भी तारी थी।

उम्र ख़लिश में हँसते-हँसते ख़ाक हुई और जाने कब,
सब दिन ऐश उड़ाया हम ने यों सब दिन बेगारी थी।

जब पैरों में काँटे गुथकर बिछिया-पायल लगते थे,
सोच रहा हूँ किन पुण्यों की जाँ पे वह 'दुश्वारी' थी।

हालाँकि है वज़ह में वो ही जिससे सोग बढ़ा भी पर,
वो लमहा भी क्या लमहा था जब परियों से यारी थी।

जान के निकले उस रस्ते से जिस रस्ते था उसका घर,
यानी हम को मौत हमारी जान से ज़्यादा प्यारी थी।

क्या हमको मालूम नहीं था क्या करना है और न क्या,
लेकिन बात वही थी आख़िर क्या करते लाचारी थी।

अब तो चीख़ निकलनी ही थी आँख उलटनी ही थी ख़ैर,
तब मुस्काया करते थे पर अब तो ख़ुद की बारी थी।

वो के जिसमें शे'र नहीं थे नक़्क़ादों के मन के 'दीप',
लगता है के ग़ज़ल हमारी वो ही कुछ मेयारी थी।

मुनीश 'तनहा'

रिश्ता क्या है उनसे मेरा ये कोई समझाए तो,
इक सिहरन सी पैदा होती वो गर आँख मिलाए तो।

अंबर धरती सब प्यासे हैं देखो अब के सावन में,
बादल के सब गुण गाएँगे पानी ये बरसाए तो।

अंजाना सा ख़ौफ़ छुपा है क्यूँ गुड़िया के चेहरे पर,
सिसकी लेकर रोने लगती कोई लोरी गाए तो।

अपनी ही ये कमज़ोरी है जो गुंडे धमकाते हैं,
घुटनों के बल सब आएँगे हमने हाथ दिखाए तो।

अम्न हमारा लेकिन इतना सब को याद रहे,
मिट जाएगी उसकी हस्ती जो हमसे टकराए तो।

ज़िंदा गर ईमान है 'तनहा' फिर तुम पीछे मत हटना,
सच का परचम क़ायम रखना झूठा जब भिड़ जाए तो।

मोबाइल : 9882892447

राजा ख़ान 'साहिल'

हुआ हासिल बता क्या ख़ुदकुशी से,
कि नादाँ हाथ धोकर ज़िंदगी से।

ख़ुदा होगा सुनो राज़ी उसी से,
मुहब्बत जो करेगा आदमी से।

मेरा शेवा है उल्फ़त आम करना,
अदावत क्यों रखूँ मैं फिर किसी से।

तुम्हारा ज़र्द चेहरा हो गया क्यों,
मिलाकर आँख मेरी सादगी से।

मुहब्बत से तू मेरी जान ले ले,
मगर बोला न कर तू बेरुख़ी से।

ख़फ़ा मुझसे नहीं वो माना, लेकिन,
गिला उसको है मेरी मयकशी से।

कहाँ तहज़ीब 'साहिल' जानता था,
अदब तहज़ीब सीखा शायरी से।

मोबाइल : 9801261220

सागर आनंद

प्यार हो, काबा मदीना, प्यार गीता ज्ञान हो,
प्यार हो अल्लाह प्यारा, प्यार ही भगवान हो।

प्यार ही, चौपाइयाँ हो, प्यार तुलसी सूर भी,
प्यार ग़ालिब की ग़ज़ल हो, प्यार ही रस्खान हो।

प्यार हो नाज़ुक कली सी, प्यार बच्चों की हँसी,
प्यार हो फूलों की खुशबू, प्यार ही मुसकान हो।

प्यार हो कर्मों की पूजा, प्यार तीरथ धाम भी,
प्यार हो पावन तपस्या, प्यार ही वरदान हो।

प्यार हो मिट्टी की ज़ीनत, प्यार वंदे मातरम,
प्यार हो प्यारा तिरंगा, प्यार हिंदुस्तान है।

मोबाइल : 9931920801
इ-मेल : sagaranand77@gmail.com

अख़तर गोरखपुरी

रू-ब-रू बैठो ग़ज़ल होने दो,
हाले-दिल समझो ग़ज़ल होने दो।

हमने माना कि हया है लाज़िम,
यूँ न रुख़ फेरो ग़ज़ल होने दो।

कैसी गुज़री है शब ए हिज्रां में,
राज़ ए दिल खोलो ग़ज़ल होने दो।

वस्ल की शब है चलो आहिस्ता,
धड़कनें समझो ग़ज़ल होने दो।

सुबह होते ही चले जाना तुम,
रात भर ठहरो ग़ज़ल होने दो।

लफ़्ज मिल जाएँगे मुझको जानाँ,
ज़ुल्फ़ तुम खोलो ग़ज़ल होने दो।

आप ही से है मुख़ातिब 'अख़तर',
बेरुख़ी छोड़ो ग़ज़ल होने दो।

मोबाइल : 7503076084
इ-मेल : parvezakhtar12527@gmail.com

कुणाल दानिश

मेरे घर की रौशनी को ये अँधेरा खा गया,
ये उजाला देखने वाले से कब देखा गया।

आईना टूटा है तो पत्थर पे मत इल्ज़ाम दो,
फेंकने वालों से पूछो क्यूँ इसे फेंका गया।

हँस रहे हैं वो जो मुझ पर तो उन्हें हँसने ही दो,
उनको थोड़ी सी खुशी मिलने से मेरा क्या गया।

इसलिए मैं उसके आगे हाथ फैलाता नहीं,
कब किसी सागर से पानी माँगने दरिया गया।

हम अगर मारे गए तो प्यार से मारे गए,
हमको जब लूटा गया तो प्यार से लूटा गया।

किसके लफ़्ज़ों ने बिखेरी है ये खुशबू बज़्म में,
कौन आकर ये हमारी बज़्म को महका गया।

मोबाइल : 9834167459

प्रशांत देव मिश्र

दुआ ये किसकी है जो इतना असर लाती है,
मौत आती है मेरे पास गुज़र जाती है।

जोड़ता रहता हूँ धागे मैं,दिन-ब-दिन इसके,
ज़िंदगी माला है, टूटे है, बिखर जाती है।

गुमशुदा हूँ मैं, शह्‌र भर में तेरी उल्फ़त में,
मुझको मालूम नहीं, राह, किधर जाती है।

ये फ़लसफ़ा है मेरा, इसपे चल रहा हूँ मैं,
बस एक ग़म से ही तक़दीर सँवर जाती है।

फ़िर वही ग़म है, वही तू है, वही मौसम है,
याद करता हूँ, तो ये रात गुज़र जाती है।

मोबाइल : 9012859507

तारा गुप्ता

आ रहा ख़याल मन में बिना बात है।
कुछ दिनों की ही ये चाँदनी रात है।

यूँ लगा आज पूरी सदी मिल गई,
चंद लम्हों की बेशक मुलाकात है।

वो अकेला नहीं ज़िंदगी में कभी,
जिसके सर पर बड़ों ने रखा हाथ है।

इक मुकम्मल जहाँ ये उसे ही मिला,
जो हमेशा चला वक़्त के साथ है।

खुद मेरा ये तजुर्बा बयाँ कर रहा,
ज़िंदगी मौत की ही तो सौगात है।

द्वार मन का कभी खोलकर देखिए।
मच रहा कामनाओं का उत्पात है।

सर झुका कर चला है यहाँ बस वही,
जानता है कि जो ये बड़ी बात है।

ज़िंदगी की यहाँ सैकड़ों जातियाँ,
मौत की तो मगर एक ही जात है।

टूटकर जो गिरा वो सितारा हूँ मैं,
मुझमें रहती दुआओं की बरसात है।

मोबाइल : 9810721791

गीता शुक्ला 'गीत'

सियासत जब तलक छलती रहेगी,
तरक़्क़ी हाथ ही मलती रहेगी।

उम्मीदों के दिए अंतिम सफ़र में,
ये बाती कब तलक जलती रहेगी।

अना की है हुकूमत बस्तियों पर,
मुहब्बत किस क़दर पलती रहेगी।

मुक़ाबिल है जहाँ में आग पानी,
दुआ कितने दिनों फलती रहेगी।

शफ़ाकत से हमारी आशनाई,
अदा ये ही उन्हें खलती रहेगी।

सदाएँ फोड़तीं सिर पत्थरों से,
मगर दुनिया यूँ ही चलती रहेगी।

मिले मंज़िल या राहें ग़म नहीं कुछ,
मुहब्बत 'गीत' में ढलती रहेगी।

कमल 'आशिक़'

करवटें बदलता रहा मैं रात भर,
जाने क्यूँ तड़पता रहा मैं रात भर।

आह सी सुनी थी कोई मैंने अभी,
मोम-सा पिघलता रहा मैं रात भर।

रौशनी हो हर घर में ये चाह थी मेरी,
तारा-सा चमकता रहा मैं रात भर।

दीदार कर लूँ तेरा बस आख़िरी,
मौत से भी लड़ता रहा मैं रात भर।

टूट न जाए 'आशिक़' बंधन कोई,
उलझता सुलझता रहा मैं रात भर।

मोबाइल : 9412561672
इ-मेल : Kamalashique@gmail.com

रामदेव 'राही'

दर्द ही मुझको हमेशा से दवा देता रहा,
ये ज़माना सिर्फ़ ज़ख़्मों को हवा देता रहा।

मैं जहाने-ग़म में यारो इस क़दर मसरूर था,
हर ख़ुशी के वक़्त ख़ुद को आईना देता रहा।

हादसों से भी मिला ऐसा सुकूने-दिल मुझे,
मुस्तक़िल ताउम्र हों ये ही दुआ देता रहा।

अब किसी अहले-वफ़ा की क्या ज़रूरत हो हमें,
ज़िंदगी भर का नशा इक बेवफ़ा देता रहा।

चैन से बैठे रहे हम इंतज़ारे-वस्ल में,
वो परेशाँ ही रहा था जो दग़ा देता रहा।

मैं तो इन वीरानियों में रंगे-उल्फ़त भर चला,
मौसमे-गुल मुझको पहरों तक सदा देता रहा।

ख़्वाबे-उल्फ़त आतिशे-ग़म में सुलगते रह गए,
मैं किसी को याद कर इनको हवा देता रहा।

इक गुनाहे-इश्क़ मैंने बेख़ुदी में कर लिया,
ज़िंदगी भर इसलिए ख़ुद को सज़ा देता रहा।

मैं तो 'राही' रहबरों के जाल में ऐसा फँसा,
तालियाँ हर आह पर वो आश्ना देता रहा।

मोबाइल : 9319501295
इ-मेल : ramdeo1959@gmail.com

सैय्यद अली अब्बास नौगाँवी

याद तो उसकी अब नहीं आती,
फ़िक्र दिल से मगर नहीं जाती।

साँस जिस की जहाँ निकलनी है,
मौत है खींचकर वहीं लाती।

ख़त्म सब हो गया चराग़ का तेल,
जल रही है बस अब तो यह बाती।

बन गया फिर से एक बच्चा मैं,
आया दुनिया में जब मेरा नाती।

सिर्फ़ औलाद की तरक़्क़ी से,
चौड़ी होती है बाप की छाती।

याद रहता है वह बुढ़ापे तक,
बचपने में जो माँ है रटवाती।

मुफ़लिसी यह बता ग़रीबों पर,
कौन सा जुल्म तू नहीं ढाती।

बे महल उसकी तल्ख़ बातें ही,
दिल को 'अब्बास' के हैं बरमाती।

मोबाइल : 9457540061
इ-मेल : amaanabbas31@gmail.com

अली अहमद 'दरभंगवी'

कि हम फिर अपने छत पे आसमाँ को छोड़ आए हैं,
अब हम तो इस जहाँ में उस जहाँ को छोड़ आए हैं।

हाँ ये तय था कि मुझको कारवाँ के साथ चलना था,
ये ना समझी थी कि हम, कारवाँ को छोड़ आए हैं।

बहुत मेहनतकशी था जिसने वो गुलशन सँभाला था,
हम अपनी ख़्वाहिशों से, बाग़बाँ को छोड़ आए हैं।

खुद ही को तनहा पाता हूँ, बहुत परदेश में आकर,
हम उसकी गोद में जलते शमा को छोड़ आए हैं।

मोबाइल : 9955190724

कविता शर्मा

निगाहें मिलाकर चुराने लगे हैं,
मुझे इश्क़ में वो रुलाने लगे हैं।

रहे उम्र भर जो पनाहों में मेरी,
फ़क़ीरी मेरी अब जताने लगे हैं।

गुज़ारूँगी कैसे जुदाई की रातें,
वो यादों में चुपके से आने लगे हैं।

न आए जिन्हें रास कल तक उजाले,
चराग़ों को वो भी जलाने लगे हैं।

कभी माँ ने जिनको सहारा दिया था,
वही आज माँ को सताने लगे हैं।

लगाकर नए पंख उड़ने लगे वो,
ज़मीं आज अपनी भुलाने लगे हैं।

दिए फूल मैंने मुहब्बत के जिनको,
वही आज नश्तर चुभाने लगे हैं।

करे याद 'कविता' तू क्यों आज उनको,
जिन्हें भूलने में जमाने लगे हैं।

मोबाइल : 9711916121
इ-मेल : kavitasharma.5584@gmail.com

रजनी मल्होत्रा नैय्यर

आएगा इंक़लाब रहने दे,
वहम है ये जनाब रहने दे।

अपना दामन बचा के रहना है,
है ज़माना ख़राब रहने दे।

ये ज़रूरी नहीं के झूठे हों,
अपनी पलकों पे ख़्वाब रहने दे।

ख़ुद को यूँ बेहिजाब मत करना,
रुख़ पे थोड़ा हिजाब रहने दे।

नाज़ किस शय पे हो यहाँ 'रजनी',
साँस भी है हुबाब रहने दे।

मोबाइल : 9110184090

विशाल श्रीवास्तव

आब मिट्टी है और धुआँ मुझमें,
आग का भी है आशियाँ मुझमें।

जिसके दम से है जिस्म की रौनक़,
वो मेरी रूह है निहाँ मुझमें।

जिसका जी चाहे वो सुने आकर,
है ज़माने की दास्ताँ मुझमें।

जब कोई दिल दुखाए है मेरा,
शोर करती है आँधियाँ मुझमें।

ज़िंदगी रोज़-रोज़ होती है,
तेरे बिन ख़ूब रायगाँ मुझमें।

ख़ुश्क आँखों में रौशनी हैं मगर,
रक़्स करती है सिसकियाँ मुझमें।

मुश्किलें हार जाएँगी मुझसे,
हौसले हैं अभी जवाँ मुझमें।

मोबाइल : 9919834192

इ-मेल : vishalsrivastava3333@gmail.com

ओम रायज़ादा

आपकी बज़्म में यूँ ही गाते रहे,
थे जो रोए तो फिर मुस्कराते रहे।

हम भरोसे के लायक़ थे फिर जाने क्यों,
लोग हर पल हमें आज़माते रहे।

नींद आई न मुझको कई रात से,
उनके सपने सुहाने जगाते रहे।

उम्र गुज़री हमारी इसी बात में,
बस वो रूठे रहे हम मनाते रहे।

बैरी चिलमन थी जो दरमियाँ आ गई,
वो गिराते रहे हम उठाते रहे।

घुप अँधेरे में उनकी उमर कट गई,
जो सभी को उजाला दिखाते रहे।

'ओम' ज़िंदा थे दुनिया में कुछ इस तरह,
क़र्ज़ लेते रहे और चुकाते रहे।

मोबाइल : 9718100213
इ-मेल : om.raizada@gmail.com

अनिल शुक्ल

है, फ़रेबे-नज़र धुआँ न समझ,
मैं जहाँ हूँ मुझे वहाँ न समझ।

खुल गए लब तो हादसा होगा,
चुप अगर हूँ तो बेजुबाँ न समझ।

दफ़्न खुद हो गई हैं बुनियादें,
यूँ ही आबाद हैं मकाँ न समझ।

हाथ अपने ज़रा उठा पहले,
है बहुत दूर आसमाँ न समझ।

एक दिन है 'अनिल' वहीं जाना,
है ठिकाना तेरा यहाँ न समझ।

मोबाइल : 990050646

दिनेश सोनी 'मंज़र'

मौन जब भी व्यंग्य से तोड़ा गया,
तीर मानो विष भरा छोड़ा गया।

घिर गए चहूँ ओर से सरकार जब,
बात का मुँह बस तभी मोड़ा गया।

मैं अधर्मी आ गिरा संसार में,
तू बता भव-सिंधु क्यों छोड़ा गया।

थी अलग भाषा मेरे संवाद की,
वो भी लेकिन सच समझ थोड़ा गया।

रक्त सारा धमनियों का पी गए,
दीन के हित क्या कहो छोड़ा गया।

चित्रपट पर मात्र मुखड़े थे अलग,
मोह कब किरदार का छोड़ा गया।

मन-पखेरू मार दो कवि-पुँज का,
कुछ न होगा नेत्र गर फोड़ा गया।

सच उजागर कर गया स्वभावतः,
मूर्ख दर्पण इसलिए तोड़ा गया।

मात्र कर्मों की गठरिया साथ थी,
छुट गया 'मंज़र' जो धन जोड़ा गया।

मोबाइल : 9968898788

अंशु कुमारी

आप से बिछड़े ज़माना हो गया,
दर्द से रिश्ता पुराना हो गया।

दर्दे-दिल, दर्दे-मुहब्बत ही मिला,
जुर्म क्या दिल का लगाना हो गया।

देखकर तुमने निगाहें फेर लीं,
सब्र ये तो आज़माना हो गया।

आप मुझसे क्या ख़फ़ा रहने लगे,
दिल ग़मों का आशियाना हो गया।

अब ग़मों मे सोज़ भी बाक़ी नहीं,
ज़ख़्मे-दिल शायद पुराना हो गया।

इश्क़ की हम आग में जलते रहे,
आग मुश्किल अब बुझाना हो गया।

दिल कहीं लगता नहीं है आजकल,
मेरा दिल तेरा दिवाना हो गया।

तुम गए 'अंशु' को जब से छोड़कर,
फिर ग़मों से दोस्ताना हो गया।

मोबाइल : 8587878924

विजय चौबे 'मनु'

मेरी आँखों को जो भाया बहुत है,
वो काजल है मगर दुखता बहुत है।

उसी की रौशनी फैली है हर सू,
वो नूरे-चश्म है अच्छा बहुत है।

न कर किरदार अपना तू नुमाया,
ये सच्चा कम और झूठा बहुत है।

ज़माना क्या मुझे सौगात देगा,
मेरी माँ का मुझे साया बहुत है।

अभी ये आबले फूटेंगे कितने,
अभी तो दूर तक रस्ता बहुत है।

नहीं भाता शह्र का आबो-दाना,
वो घर को याद कर रोया बहुत है।

है किसमें ताब जो मुझको ख़रीदे,
न समझें आप 'मनु' सस्ता बहुत है।

मोबाइल : 9811672410

इ-मेल : vijaykumarchoubey1@gmail.com

रिज़वान नाथापूरी

जबसे गुंडे सियायत मे आने लगे,
तबसे झूठे सदाकत सिखाने लगे।

ऐसा चक्कर चलाया सदाकत ने भी,
झूठे गूँगे भी अब बड़बड़ाने लगे।

वो भी पर्दानशी क्या बेपर्दा हुई,
पंछी सब प्यार में फड़फड़ाने लगे।

जबसे आई है वो चाँदनी इस गली,
जुगनू भी खुदको चंदा बताने लगे।

जबसे हूरों के मस्ज़िद में क़िस्से सुने,
क़ब्र सब आशिक़ अपनी सजाने लगे।

मोबाइल : 9768160785

मित्र ग़ाज़ियाबादी

प्यार जहाँ में हर रिश्ते का ही आधार हुआ है,
एक न इक दिन इस दुनिया में सबको प्यार हुआ है।

करके देखो या मत करना ईश्वर की तूम पूजा,
कर्म करे हैं जिसने अच्छे तो उद्धार हुआ है।

हिम्मत जिसने दिखलाई तूफ़ाँ का रुख़ मोड़ दिया,
तेरा, मेरा, इसका, उसका बेड़ा पार हुआ है।

सबसे टक्कर ले ली और सिकंदर कहलाया था,
अपनो के आगे ही बेशक वो बेकार हुआ है।

क़िस्मत सबकी एक नहीं है ये जीता वो हारा,
क़िस्मत के आगे आदम बस लाचार हुआ है।

अब तो पैसा रिश्तों को मिनटों में ही खा जाता,
देख ख़ुदा भी रोता होगा क्या संसार हुआ है।

मोबाइल : 9958426855

इ-मेल : shishodiamps@gmail.com

कविता 'परवाना'

रिश्तें क्यों बौने लगते हैं,
घर आँगन सूने लगते हैं।

बच्चों के बिना माँ बाप भी,
अक्सर ही रोने लगते हैं।

साठ पछतर उमर पार के,
सपने सब कोरे लगते हैं।

भाव कल्पना के रंगों में,
दर्द भाव भरने लगते हैं।

बढ़ती उमर में बेगानेपन,
अक्सर ही खलने लगते हैं।

मोबाइल : 8228930050

सुभाष रावत 'राहत' बरेलवी

अयाँ हो रुख़ पे ख़ामोशी, तो शीशा बोल पड़ता है,
कशिश आ जाए उल्फ़त में, तो जज़्बा बोल पड़ता है।

मुख़ालिफ़ हो भी सकता है यक़ीं मत वक़्त पर करना,
अगर मिलनी हो रुसवाई, तो झूठा बोल पड़ता है।

ये बस दरिया समझता है डुबाया किसने है किसको,
लहर जब साथ देती है किनारा बोल पड़ता है।

सभी लेकर के आते हैं मुक़द्दर हाथ में लेकिन,
सिकंदर जिसको होना हो, सितारा बोल पड़ता है।

पस-ए-पर्दा रहो लेकिन, महक को कौन रोकेगा,
जहाँ से तुम गुज़र जाओ, वो रस्ता बोल पड़ता है।

कई हैरानियाँ ऐसी भी, होती है ज़माने में,
कि दुनिया देखती रहती है गूँगा बोल पड़ता है।

शहद भी क्या करेगा गर, किसी की जीभ ख़ंजर हो,
हों दिल में तल्ख़ियाँ शामिल, तो लहजा बोल पड़ता है।

दरीदा लाख करके दफ़्न, तुम कर दो सदाक़त को,
अगर तफ़्तीश हो जाए, तो क़िस्सा बोल पड़ता है।

मुझे 'राहत' मिलेगी जब, बहारें आएँगी पैदल,
अभी तो दर्द है दिल में, कलेजा बोल पड़ता है।

मोबाइल : 9456988483

इ-मेल : subhashrawat59@gmail.com

कैलाश झा किंकर

नहीं झूठ पर विश्वास है,
नहीं कुर्सियों से आस है।

भला कौन ऐसा आदमी,
जिसे भूख है ना प्यास है।

वही काम देता वक़्त पर,
जिसे दर्द का एहसास है।

सभी राज़ खुलते जाएँगें,
मुझे हो रहा आभास है।

गए दिन नहीं फिर लौटते,
इसी बात का उच्छ्वास है।

नहीं फैसला होता त्वरित,
बड़ी भीड़ में इजलास है।

कहूँ किससे दिल की बात अब,
गया छोड़कर जब ख़ास है।

नहीं मोल हीरे का वहाँ,
जहाँ साज़िशन उपहास है।

मोबाइल : 9430042712

अवधेश्वर प्रसाद सिंह

तजुर्बों की क़ीमत अदा कीजिए,
बुजुर्गों की ख़िदमत किया कीजिए।

सरेशाम से डर सताने लगा,
मुझे अब न आफ़तज़दा कीजिए।

भले सच से हैरान होते रहे,
डगर मखमली अब मुदा कीजिए।

जरा देखिए मानिनी का नसीब,
जुवा से ही शादीशुदा कीजिए।

सफ़र ज़िंदगी का है लंबा अभी,
खुदा इसकी रक्षा सदा कीजिए।

मोबाइल : 8809662577

शिव कुमार 'सुमन'

हवा पर नाम लिखता हूँ,
तुझे पैग़ाम लिखता हूँ।

ज़माना तोड़ना सीखा,
तो खुद को जाम लिखता हूँ।

जिसे तुम मानते मौला,
उसे मैं राम लिखता हूँ।

चला जो धूप में दिन भर,
उसे इक शाम लिखता हूँ।

कि उठती पीर मीरा सी,
तुझे जब श्याम लिखता हूँ।

'सुमन' बिकता मुहब्बत से,
ख़रीदो दाम लिखता हूँ।

यूसुफ़ सहराई

तबीबों को बड़े धोके हुए हैं,
मरीज़-ए-इश्क़ भी अच्छे हुए हैं।

मुसलसल तेरी जानिब चल रहा हूँ,
मगर सब रास्ते ठहरे हुए हैं।

कभी आँसू नहीं निकले हमारे,
ये दरिया दश्त में डूबे हुए हैं।

मेरी मंज़िल के तपते रास्तों में
शजर तो हैं मगर सूखे हुए हैं।

हमारी ज़िंदगी की डायरी में,
कई बेनाम ख़त रक्खे हुए हैं।

तेरे वादों से दिल बहलाऊँ कब तक,
खिलौने भी तो ये टूटे हुए हैं।

तुम्हारी याद की पगडंडियों पर,
हमारे अश्क भी बिखरे हुए हैं।

हमारे इश्क़ के क़िस्से में 'यूसुफ़',
क़सीदे हिज्र के लिक्खे हुए हैं।

मोबाइल : 8006518758

सोनम यादव

ज़िंदगी ख़ूबसूरत न थी, आपसे जब मोहब्बत न थी,
उम्र शिकवों में गुज़रा किए, हमको कोई शिकायत न थी।

कोई एहसास ग़म का न था, कोई एहसान उनका न था,
रोज ख़्वाहिश हजारों किए, उनमें कोई तिजारत न थी।

बेवफ़ा सी मुहब्बत न थी, बावफ़ा कोई तोहमत न थी,
रोज़ बारिश में भीगा किए, मन में कोई शरारत न थी।

इश्क़ की इब्तिदा क्या हुई, चाहतें इल्तिजा हो गईं,
राज़ महफ़िल में रुसवा किए, उनमें कोई ज़ियारत न थी।

हसरतें यूँ जवाँ क्या हुईं, आरज़ू बस तेरी है तेरी,
दिल के रोशन चिरागाँ किए, 'सोम' कोई इबादत न की।

मोबाइल : 813055 6098

मधुप मोहता

न हुआ सूर, न तुलसी, न मैं कबीर हुआ,
इश्क़ उसका नहीं तेरा था, सो फ़क़ीर हुआ।

न मैं चंदन, न मैं चूड़ी, न मैं सिंदूर बना,
बहे जो आँख से, काज़ल की वो लकीर हुआ।

न तू मुमताज़, न मीरा, न मरियम ही बनी,
मैं पयंबर न बना, बस दर्द की तस्वीर हुआ।

तू भी बँटती ही रही, प्यासों में बूँद-बूँद बँटी,
इतने हिस्सों में बँटा मैं भी कि कश्मीर हुआ।

न तू आया, ने मेरा ख़्वाब, न तेरा ज़िक्र,
न मैं रोया, न मैं सोया, न मैं मीर हुआ।

इ-मेल : **mohtamadhup@gmail.com**

सुनील 'दानिश'

तड़पते दिल को सुकूँ का पता मिले न मिले,
तुम्हारे दर्द से बेहतर दवा मिले न मिले।

मेरे गुनाह की मुझको सज़ा मिलेगी ज़रूर,
मेरी वफ़ाओं का मुझको सिला मिले न मिले।

मेरे गुनाह में शामिल मेरा ज़मीर भी था,
ये और बात कि उसको सज़ा मिले न मिले।

तुम अपने हाथ का पत्थर यहीं पे खर्च करो,
फिर इसके बाद तुम्हें आईना मिले न मिले।

चलो हम आज ये क़िस्सा यहीं पे ख़त्म करें,
कि खुद उलझ के भी हमको सिरा मिले न मिले।

भावेश पाठक

मैं तुझसे इस लिए लिपटा रहा था,
मैं अपने आप से उकता रहा था।

न जाने क्या समझ पाया नहीं मैं,
वो मुझको देर तक समझा रहा था।

मुझे वो लब ज़रा वापस चखा दो,
वो जिनका ज़ायक़ा चिपका रहा था।

इरादा और था कुछ मज़हबों का,
लहू का रंग बदला जा रहा था।

मुझे अब भी बहुत हैरानगी है,
बिछड़ते वक़्त वो घबरा रहा था।

फ़रिश्तों अब ख़ता से बाज़ आओ,
वो गहरी नींद में चिल्ला रहा था।

अकेला मैं मशक़्क़त में नहीं था,
पसीना धूप को भी आ रहा था।

तो क्या वो बच गया था डूबने से,
वो जिस के हाथ में तिनका रहा था।

राजीव सिंहल 'आवारा'

कुछ भी बदला नहीं ज़माने में,
घर ही बदला है क़ैदख़ाने में।

रोने तक की नहीं इज़ाज़त है,
सब हैं इल्ज़ाम ही लगाने में।

हँसते रहना है मेरी मजबूरी,
वो तो रहते हैं बस सताने में।

ये तो महफ़िल तुम्हारी-मेरी हैं,
बीते बरसों यही बताने में।

धीरे-धीरे सभी हैं दूर हुए,
लगता मैं हूँ यतीमख़ाने में।

प्यार कैसे तुम्हारे जैसा करें,
ग़म ही ग़म दिल के इस ख़जाने में।

ख़्वाब में भी डरा-सा रहता हूँ,
जाने क्या है तेरे बुलाने में।

मौत का मुन्तज़िर है 'आवारा'
सब लगे इसको आज़माने में।

मोबाइल : 9810099950

साभार

मुज़फ़्फ़र हनफ़ी

दुआ संगे-मरमर से क्या माँगता,
मैं आईना पत्थर से क्या माँगता।

मुझे कज कुलाही अता की गई,
किसी नेक अख़्तर से क्या माँगता।

मुहब्बत का इक बोल अनमोल है,
लिहाज़ा तेरे घर से क्या माँगता।

मचलती रही बे हया तिशनगी,
मगर मैं समुंदर से क्या माँगता।

गुनाहों से झोली भरी थी मेरी,
खुदा बंदे मेहशर से क्या माँगता।

जवाबी सदा बे मुरब्बत लगी,
सवाली तेरे दर से क्या माँगता।

लहू खर्च होता है शे'र कहने में,
ज़माना मुज़फ़्फ़र से क्या माँगता।

साभार

बसंत चौधरी 'सागर'

दिल में जो सोचता हूँ, मैं बोलता वही हूँ,
डरता नहीं किसी से मैं सच्चा आदमी हूँ।

इंसान दोस्ती के गाता हूँ गीत जब मैं,
सब ऐसे देखते हैं, जैसे मैं अजनबी हूँ।

मेरी चमक-दमक से डरते हो दोस्तो क्यों,
शोला नहीं हूँ मैं तो चाहत की रोशनी हूँ।

हर फूल हर कली में हर ग़म में हर ख़ुशी में,
जिसने भरी है रंगत वो रंगे-ज़िंदगी हूँ।

कल तक बसंत था मैं लेकिन मैं अब हूँ 'सागर',
बदला है नाम बेशक पर वो ही आदमी हूँ।

□□□